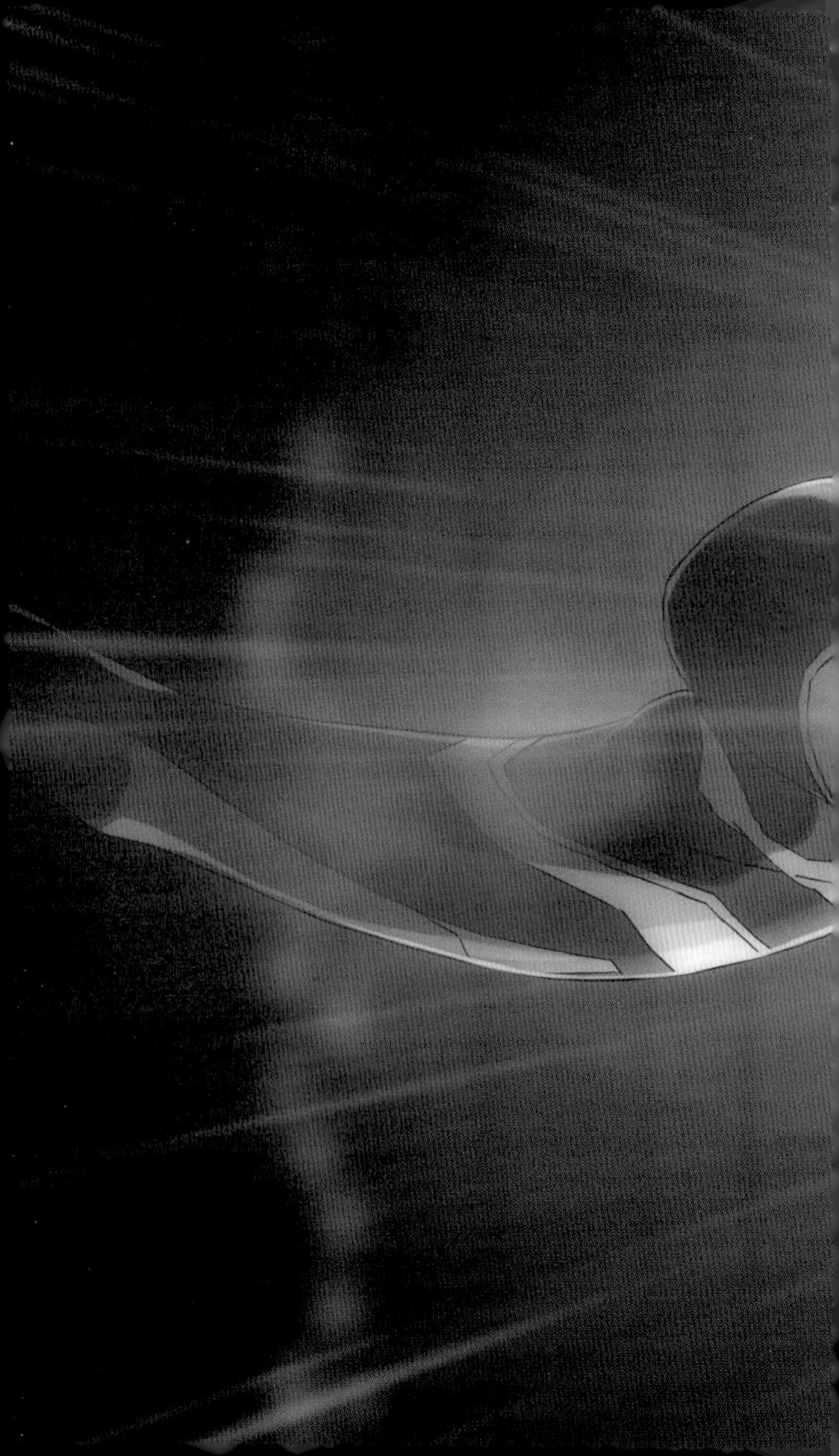

魔法、部活、それから恋。
新たな出会いに胸をふくらませて
二人の少女が入学するとき、
魔法科高校に新たな風が吹き抜ける——。

キグナスの乙女たち

新・魔法科高校の劣等生

Cygnus Maidens
The irregular at magic high school

3

author.
佐島 勤
illustration.
石田可奈

魔法科高校とは

ねえアーシャ、ついに私達も魔法科高校生だね！
でも、魔法科高校ってどういうところなの？

突然どうしたの？　でもミーナにとってはあまり
馴染みがないものね。
じゃあ、魔法科高校のことを説明するわね。

- 国立魔法大学付属高校の通称で
  全国に九校設置されている魔法師を育てる学校。
- 一高から三高までは一科・二科に分かれていたが、
  2098年から廃止された。
- 一高ではきめ細かな実技指導ができるように、
  毎月クラス分けのテストが行われる。

○月○日　日直　遠上

なるほど！　でもなんで古いタイプの黒板なの……？

……別にいいじゃない。そんなこと言うと
今度のテストの勉強見てあげないよ？

そんなぁ……。

魔法スポーツ ～マーシャル・マジック・アーツ～

ミーナが所属しているマーシャル・マジック・アーツ部ってどんなことをしているの？

えっへ～ん、茉莉花さんが説明しちゃおう！
マジック・アーツはアメリカで作り出された魔法格闘技のことで、私は魔法競技として試合をしているよ。

ミーナ、あまり説明になってないよ。
じゃあ、どうなったら試合が終わるの？

普通の格闘技と同じでダウンから10秒間立ち上がれなかったり、失神とかで試合継続ができなくなったり、ギブアップがあるよ。
あとマジック・アーツ独自のルールとして有効打によるポイント制があって、10ポイント差がついた時点でＴＫＯになるんだ。

……ミーナ怪我しないでね。

[1] 選ばれるのは?

魔法科高校と通称される国立魔法大学付属高校は日本全国に九校ある。関東の第一高校、関西の第二高校、北陸の第三高校、東海の第四高校、東北の第五高校、山陰の第六高校、四国の第七高校、北海道《ほっかいどう》の第八高校、九州の第九高校。

この、九校しかない。

非魔法系のスポーツ競技ならば魔法科高校以外の普通科高校や体育科高校と練習試合を組むことができるし、全国組織に加盟していて公式戦に出場しているクラブもある。しかし魔法競技系のクラブだと、試合を組める相手は同じ魔法科高校しかない。また交通機関の発達が著しいとはいえ高校生にとって、公式戦ならともかく練習試合で飛行機を使わなければならないような遠征は気軽に行えるものではない。

この様な事情で、魔法競技の練習試合は時期と相手が固定される傾向にあった。特に一高と三高の間では多くの魔法競技種目で定期的に交流戦が行われている。ミラージ・バットとモノリス・コードを除くほぼ全ての魔法競技で活発に試合が組まれている。マーシャル・マジック・アーツも無論、例外ではなかった。

◇◇◇

二〇九九年六月上旬の一高は、公表された九校戦開催要項の話題で盛り上がっていた。これはおそらく一高だけの現象ではない。他の魔法科高校でも同様だったと思われる。

九校戦は二〇九六年の大会で競技種目が大幅に変更された。この年に導入された新種目はいずれも軍事色の強いものであり、前年秋に大亜連合との大規模な軍事衝突が発生した当時の情勢を反映したものだが、批判も少なくなかった。

それが今回、競技種目が二〇九五年以前のものにほぼ戻された。競技中の事故が多かったバトル・ボードの復活は見送られたが、今年の競技種目で二〇九五年と異なるものはロアー・アンド・ガンナーだけだ。

もっとも全てが昔に戻るわけではない。シングルスとダブルスの両形式による対戦、リーグ戦やトーナメントの進め方は二〇九六年の新方式が引き続き採用される。またスピード・シューティングはルールが大きく変わることが決まっている。それらを含めて、九校戦をどう戦うかが生徒の関心を集めていた。

しかし間近に対抗戦を控えたクラブの部員にとっては、目前の試合の方が優先度は高い。例えばマーシャル・マジック・アーツ部の部員は九校戦よりも、毎年七月上旬に行われてきた三高との交流試合が何時《いつ》行われるのかを気にしていた。

六月十日、水曜日の放課後。

「皆、待たせたな」

小体育館から部室に場所を移したマジック・アーツ部の練習後ミーティングで、女子部部長の北畑千香《きたはたちか》はニヤリと男前な笑みを浮かべながら椅子に座っている部員の顔を見回した。

二、三年生部員は熱い期待がこもった眼差《まなざ》しで千香《ちか》を見詰め返している。彼らの察しの良さに満足感を覚えて、千香《ちか》は笑みを深めた。

「そうだ。交流戦の日程が固まったぞ。来月の五日だ」

「念の為《ため》に補足すると、相手は三高。うちの部では毎年この時期と十二月に、三高と練習試合を行っているんだ」

横からこう付け加えたのは、男子部部長の千種正茂《ちぐさただしげ》。毎年恒例とはいえ、一年生は経験がないのだから説明されなければ分からない者が大半のはずだ。それを配慮した補足だった。

「——なお今回の試合は三高で行われる」

何食わぬ顔で千香《ちか》が説明を続ける。千種《ちぐさ》の補足があらかじめ予定されていたものだったかのようだ。もしかしたらそうだったのかもしれないし、言い忘れたのを誤魔化しているのかもしれない。彼女の性格を考えると、後者の方がありそうだった。

「部長！」

しかしそんなことはまるで気にせず、ある女子部員が手を上げた。

「何だ、茉莉花《まりか》。質問か？」

「はい！」

一際《ひときわ》興奮に目を輝かせて立ち上がったのは茉莉花《まりか》だ。——彼女の呼び名は女子部内で既に、「遠上《とおかみ》（さん）」から「茉莉花《まりか》（ちゃん）」に変わっていた。

「試合には何人出られるんですか⁉」

茉莉花《まりか》は特に前のめりだったが、試合に出たがっているのは彼女だけではない。女子では、はっきりと態度に出している部員が半数以上だ。むしろ男子の方が、内心はともかく態度は控えめだった。

草食系男子、肉食系女子——というわけでもない。男子の方が統制が取れていて、女子の方が奔放であると言う方が、一高マジック・アーツ部については適切だ。これは両部長の運営方針の違いを反映したものだった。

「試合は男女五人ずつだ。だが安心しろ。三高の武道場は広い。選手に選ばれなくても、ある程度なら自由に組手ができる。その為《ため》の時間も取っておく」

千香《ちか》の説明に部員の一部、主に一年生が引き締めていた唇を緩める。

「選手は十九日に部内予選を行って決める。学年に関係無く成績順で選ぶから、そのつもりで」

しかし千種《ちぐさ》のこの言葉で、部室の空気は臨戦態勢を思わせるピリピリとしたものになった。

◇◇◇

「生徒会から九校戦の出場依頼がありました」

同じ頃、同じ準備棟二階にあるクラウド・ボール部の部室では九校戦が話題になっていた。

「大体予想できていると思うけど、女子の新人戦には日和《ひより》さんとアリサさんに出て欲しいそうですよ」

部長の服部初音《はっとりはつね》の言葉に、意外感を表す声は無い。初音《はつね》が言ったように、この人選は予想されていたものだった。

「本戦の方は今のところ、私と保田《ほった》さんがダブルスに選ばれています。シングルスは未定です」

保田佳歩《ほったかほ》は初音《はつね》に次ぐ実力者で、この二人は去年からダブルスのペアを組んでいた。この二人がダブルスに選ばれるのは順当と言えるだろう。

選ばれなかった部員からは失望感が漂ったが、それほど強いものではなかった。彼女たちは自分の実力を過大に評価していなかったし、二人とも二年生だ（この部の部員は六名）。まだ未定だが、三年生が選ばれるなら、と納得していた。

「まだ最終決定じゃないし、本番で代役が必要になるのも珍しくないから。九校戦まで一層、練習に励みましょう」

選ばれなかった二人に対する慰めとも取れる初音《はつね》の言葉に、二人を含めた五人が声を揃《そろ》えて「はい」と応えた。

◇　◇　◇

「そんなに楽しみなの？」

下校の個型電車《キャビネット》の中で、ウキウキ気分を隠そうともしない茉莉花《まりか》にアリサが訊《たず》ねる。もっとも、答えは分かり切っていたが。

「うん、楽しみ！」

茉莉花《まりか》の答えは予想どおりのものだった。あれだけあからさまな態度を見せられれば、間違えようがない。

「でも、一条《いちじょう》さんとの試合は八月下旬と言ってなかった？」

お互いの部活が終わって合流した時から、茉莉花《まりか》はすこぶる上機嫌だった。個型電車《キャビネット》に乗り込んで二人きりになった直後、アリサはその理由を訊《たず》ねた。茉莉花《まりか》はすぐに満面の笑みで「三高の一条茜《いちじょうあかね》と試合ができるかも」と答えたのだった。

しかしアリサには、つい最近、茉莉花《まりか》から「八月下旬の試合に向けて特訓しなきゃ」という決意表明を聞かせられた記憶があった。

「そっちは公式戦、全国大会。来月のは練習試合、三高との交流戦ね」

「えっと、つまりミーナは練習試合のことを知らなかった？」

「部長が教えてくれなかったんだよ。何でだろう？」

「深い意味は無いと思うけど……。日程が固まっていなかったからじゃない？」

「そうかなぁ……。まっ、良《い》いか！」

アリサの答えに納得し切れているようではなかったが、茉莉花《まりか》はそれ以上拘《こだわ》らなかった。

「それより、試合に出られるように部内予選を頑張らなくっちゃ」

茉莉花《まりか》の意識は、一条茜《いちじょうあかね》との試合に向けられていた。首尾良く選手に選ばれても茜《あかね》と対戦できるとは限らないのだが、前のめりになった茉莉花《まりか》にはその可能性が全く見えていなかった。

「そういえば、アーシャも何かあったんじゃないの？」

茉莉花《まりか》がアリサにこう訊《たず》ねたのは、個型電車《キャビネット》を降りて自宅最寄り駅を出た直後だった。

「えっ、どうして？」

「何となく、そんな顔してた」

「何となく」で分かってしまうあたりは、付き合いの長さと深さだろう。

「そっか……」

アリサもそれを分かっているから、誤魔化そうとはしなかった。それに、誤魔化す程のことでもない。

「あのね、ミーティングで部長から九校戦の話があったの」

「出場が本決まり？」

「生徒会からオファーがあったんだって」

「やったじゃん！」

先日、九校戦にクラウド・ボールが復活するというニュースを生徒会書記でクラスメイトの明《めい》が持ってきた時から、アリサが新人戦の選手に選ばれることは予想されていた。

だから、意外感は無い。

それでも茉莉花《まりか》にとっては喜ばしいことだったようで、彼女の声は弾んでいた。

「……何だか嬉《うれ》しくなさそうだね？」

だがアリサの顔に喜色は無かった。嫌がっているという感じでもなかったが、アリサが気乗りしていないのは茉莉花《まりか》でなくても分かっただろう。

「うん……。本音を言えば、出たくない」

「……やっぱりまだ、試合は苦手？」

アリサは他人と競い合うのが得意ではない。記録競技や学校の試験みたいに勝負している相手と直接向かい合うのでなければそこまで苦手でもないが、球技のように面と向かって対戦する試合はできれば避けたいという性格だ。

「何とかしたいとは思ってるの」

「んーっ、争いごとが嫌いっていうのは欠点じゃ無いと思うけど。そんなに気にしなくて良いと思うよ」

茉莉花《まりか》が隣に座るアリサの手に自分の手を重ねてニコッと笑い掛ける。

アリサの悩みに対して、茉莉花《まりか》のように欠点ではなく単なる気性だと慰めてくれる人もいるし、女子としてはむしろ美点と褒める男子もいる。

「うん……。そう言ってくれるのは嬉《うれ》しいんだけど、私も少しは変わりたいんだ」

しかしアリサ自身はこの欠点を克服したいと思っている。クラウド・ボール部に入ったのは第一に魔法技能向上の為《ため》だが、試合に対する苦手意識を克服する為《ため》という理由もあった。

「だから、辞退はしない。部にとっては実績を作るチャンスでもあるから……」

クラウド・ボール部は部員六名の弱小クラブ。校内に練習場所も用意してもらえず、部として存続が危ぶまれている状態だ。

しかし部員が九校戦で活躍してみせれば、学校側の評価も上がるだろう。生徒からの注目も増えるに違いない。

「無理しなくて良いんだからね」

アリサが「クラブの為《ため》」と自分に言い聞かせることで試合を忌避する気持ちをねじ伏せているのが、茉莉花《まりか》には手に取るように分かる。

「うん、無理しすぎないようにする」

この答えから分かるように、無理をしているという自覚がアリサにもあった。

◇　◇　◇

翌日の放課後。

「十文字《じゅうもんじ》さん」

実験棟二階の廊下で、アリサは背後から声を掛けられた。

彼女と茉莉花《まりか》は現在、風紀委員会の巡回中。今日は本格的に雨が降っているので屋外には行かず、代わりに普段は余り見回っていない本校舎や実験棟にも時間を割いていた。

声を掛けられたのはその最中だ。

相手が女子であることは、声で分かった。

だが振り返って正面から向き合っても、記憶に無い顔だった。

「初めまして。二年F組の松崎秋湖《まつざきあきこ》よ」

記憶に無いというのは間違いでは無かったようだ。

「あっ、はい。一年A組の……」

「ああ、知ってる知ってる」

松崎秋湖《まつざきあきこ》という上級生は「だから自己紹介は必要無い」と言わんばかりの面倒臭そうな態度で手を振った。

「少し時間をもらえないかしら」

前置き無しのぞんざいとも思われる口振りで秋湖《あきこ》がアリサに訊《たず》ねる。

「十文字《じゅうもんじ》さんに何の御用でしょうか」

横から茉莉花《まりか》が、口を挿《はさ》んだ。

「時間をもらえないか」＝「時間を貸せ」＝「話がある」という意味なのは説明されるまでもなく分かる。茉莉花《まりか》がアリサのことを愛称ではなく「十文字《じゅうもんじ》さん」と呼んだのは警戒感の表れだった。

「貴女《あなた》は？」

秋湖《あきこ》の質問に、茉莉花《まりか》のことを知っていて惚《とぼ》けている気配は無かった。

「十文字《じゅうもんじ》さんの親友の、遠上茉莉花《とおかみまりか》です」

「親友」を強調して茉莉花《まりか》が名乗る。

「あっそ。でもお友達に用は無いの。極々個人的なことだから」

茉莉花《まりか》の態度も友好的とは言い難《がた》いものだったが、秋湖《あきこ》の反応はそれ以上、攻撃的にすら思われるほど素っ気無かった。

「他人には聞かせたくないご用事なんですか？」

「ミーナ」

口調に棘《とげ》が生え始めた茉莉花《まりか》をアリサが困惑気味に制止する。

「松崎《まつざき》先輩。今は委員会の仕事中ですので、少しの時間でよろしければ」

そして秋湖《あきこ》に向き直りこう答えた。

「そんなに手間は取らせないわ」

秋湖《あきこ》はアリサの返事を待たず、彼女に背を向けて元来た方へ歩き出した。ついてこい、ということだろう。アリサは茉莉花《まりか》と顔を見合わせ、少し遅れて秋湖《あきこ》の背中に続いた。

「貴女《あなた》は廊下で待っていて」

ある空き教室の前で足を止めた秋湖《あきこ》は、茉莉花《まりか》に向かってこう告げた。

眼差《まなざ》しで問い掛ける茉莉花《まりか》にアリサが小さく頷《うなず》く。

扉を開けてさっさと中に入る秋湖《あきこ》。

アリサはその後に続いて、すぐに扉を閉めた。

入ってすぐの所でアリサが足を止める。

彼女がそれ以上動こうとしないのを見て取って、秋湖《あきこ》は白けた顔になった。

「そんなに警戒しなくても、何もしないわよ。自分より強い相手に喧嘩《けんか》を吹っ掛ける程、あたしはお馬鹿じゃないわ」

秋湖《あきこ》のセリフにも拘《かか》わらず、アリサは気を抜かなかった。

一高は昨年度から毎月実技テストを行ってその能力順にクラス替えをする制度を導入している。生徒は毎月、実技成績順にA組、B組、C組……と振り分けられる。また、二年生からは魔法科がA組からF組の六クラス、魔工科がI組、J組の二クラスに編成される。

アリサは最上位グループのA組、二年生の秋湖《あきこ》は魔法科最下位のF組。しかしそうは言っても、学年は秋湖《あきこ》が一つ上だ。一年の差を軽く見る程、アリサは自分の実力に自信を持っていなかった。

警戒を緩めようとしないアリサに秋湖《あきこ》は興醒め顔《きょうざ》のまま、小さくため息を吐く。

「十文字《じゅうもんじ》さん、貴女《あなた》と火狩《かがり》君はどういう関係か教えてくれない？」

そして、唐突感のある質問をアリサにぶつけた。

「かがりくん」と言われてアリサが思い当たるのは、同じ一年A組の火狩浄偉《かがりじょうい》だけだ。入学試験の順位は五十里明《いそりめい》に次ぐ二位で、五月、六月とA組を維持している。

「……火狩《かがり》君ならクラスメイトですけど」

質問の意図が分からなかったわけではない。ただ自分が何故《なぜ》、この質問の対象になるのかがアリサには分からなかった。

「付き合ってるんじゃないのね？」

「……違います」

「そう。だったら良《い》いわ」

秋湖《あきこ》がアリサへ歩み寄る。

反射的に身を固くしたアリサの横をすり抜けながら、「付き合わせてごめんなさいね」と秋《あき》湖《こ》は言った。

彼女は扉を開ける時間だけ足を止めて、そのまま部屋を出て行った。

「アーシャ、何もされなかった⁉　……怪我《けが》はしてないみたいだね」

茉莉花《まりか》は浮かない顔で部屋から出てきたアリサに駆け寄り、彼女の身体《からだ》をペタペタと撫《な》で回《まわ》してホッと安堵《あんど》の息を吐いた。

「何もされてないよ……。話をしただけ」

「どんな話？」

「火狩《かがり》君とどんな関係なのか？　って」

腑《ふ》に落ちないという表情のアリサとは対照的に、茉莉花《まりか》は納得顔で「なる程」と呟《つぶや》く。

「あの人、火狩《かがり》君狙いだったんだね」

「それは私にも分かるけど……。どうして私のところに来たのかな？」

「そりゃあ、アーシャと火狩《かがり》君が付き合っているんじゃないかって疑ったからじゃない？」

「何で⁉」

アリサにはそういう素振りを見せた覚えが無い。

入学直後の教室で浄偉《じょうい》はアリサの隣の席だった。彼はアリサが一高で最初に会話をした男子だ。浄偉《じょうい》とは先月も隣同士。今月は彼女の一つ斜め後ろ。態々《わざわざ》教室の居心地を悪くする必要は無いので、アリサは彼と友好的に接している。

だがそれはあくまでもクラスメイトとしての付き合いを超えるものではなかった。少なくとも、アリサの中では。

——もしかして自分では気が付かないうちに、誤解を招くような紛らわしい態度を取ってしまっていたのだろうか。もしそうなら火狩《かがり》君に申し訳ない。

アリサはそんな狼狽《ろうばい》に襲われた。

「アーシャの所為《せい》じゃないよ。火狩《かがり》君がアーシャのことを頻繁に見ているからじゃない？」

アリサが焦《あせ》っている理由をすぐに察した茉莉花《まりか》が、フォローの意味も込めた推測を告げた。

「見てる？　火狩《かがり》君が？」

「うん、よく見てるよ。結構熱い眼差《まなざ》しで」

茉莉花《まりか》も今月はA組だ。席はアリサから少し離れているが、だからかえってアリサに向いている浄偉《じょうい》の視線を把握しやすかった。

「気付かなかった……」

女性は男性の視線に敏感、というのが定説のようになっている。しかしアリサは、異性の視線に鈍感だった。子供の頃から注目されることが多すぎた為《ため》、そうならざるを得なかった。同年代の少年だけでなく好《い》い年をした大人まで、彼女にねっとりとした視線を向けてくる。そんな異性の目を一々気にしていたら、心の安まる暇が無かったに違いない。

もっとも、他人の視線に対して全くの無頓着というわけでもない。アリサは、同性から向けられる視線には敏感だ。彼女が自分の身を守る為《ため》に気にすべきは、異性が向けてくる邪念よりむしろ同性が向けてくる悪意の方だった。

「同じクラスの子たちはアーシャの素振りからその気は無いって何となく分かっているけど、火狩《かがり》君の態度だけ見て誤解している人は結構いるんじゃないかな」

「そんなの困る……」

途方に暮れた声を漏らしてアリサが俯《うつむ》く。彼女にとって火狩浄偉《かがりじょうい》は、仲が良《い》いクラスメイトだ。しかし相手が異性としての好意を求めているのであれば、今のままの付き合い方は続けられない。

「アーシャが気にしても仕方が無いよ」

アリサの顔を下からのぞき込む格好で、茉莉花《まりか》が薄情なセリフを口にした。

「火狩《かがり》君が本当はどう思っているのかなんて分からないし、向こうからはっきり告《こく》られるまでアーシャからはどうすることもできないんだから」

もしかしたら浄偉《じょうい》は、アイドルを鑑賞するような感覚でアリサを見詰めているのかもしれないのだ。それでアリサが態度を変えたら、彼女は恥ずかしい自意識過剰女ということになってしまう。

「何もしなくて良いんだよ」

あっさりした口調で断言する茉莉花《まりか》に、アリサは「うん……」と歯切れの悪い応えを返した。

◇◇◇

「アリサ、火狩《かがり》君狙いの二年生に絡《から》まれたんですって？」

アリサが明《めい》にこう訊《たず》ねられたのは、十二日金曜日の昼休みのことだ。

食事中だったアリサは突然の質問に、危うくサラダで気管を詰まらせかけた。これがもっと密度が高い食べ物だったら間違いなく咽《む》せていただろう。

「……何で知ってるの？」

アリサは取り敢《と》えず《あ》喉を通過しかけていたレタスを呑《の》み込み、息を整えて明《めい》に問い返した。

「私も知ってますよ。相手は二年F組の松崎《まつざき》さんなんでしょう？」

小陽《こはる》が口を挿《はさ》む。

「あたしは知らない」

アリサに「まさか」という目を向けられた日和《ひより》が小さく頭《かぶり》を振った。

小さな救いを感じながら、アリサが今度は隣の席の茉莉花《まりか》に目を向ける。

茉莉花《まりか》は激しく首を左右に振った。声にこそ出さなかったが「あたしじゃないよ」という潔白の主張はこれ以上ないくらい分《わ》かり易《やす》かった。

「明《めい》。小陽《こはる》も、誰から聞いたの？」

「アリサさん。女子高生の間では、恋バナは悪事以上に足が速いんですよ」

小陽《こはる》の答えは「悪事千里を走る」をアレンジしたものだ。要するに「噂《うわさ》ですよ」と彼女は言いたいらしい。

「昨日の今日だよ。しかも昨日の放課後で、ほとんど人影は無かったよ？」

アリサの顔には「納得できない」とゴシック体で書かれていた。

「噂《うわさ》になっているのは本当ですよ。ほら」

小陽《こはる》が携帯端末を操作して画面をアリサに見せる。

現在最も規制が緩いと言われているSNSの検索結果画面上では、確かに昨日のアリサと秋《あき》湖《こ》の件が話題になっていた。

「どうして……」

それ以上の言葉を失ってしまったアリサが可哀想《かわいそう》になったのか、明《めい》が声を和らげて謎の答えを明かす。

「情報の出所は松崎《まつざき》先輩本人みたいよ」

「えっ……？」

「そうなの？」

真相はアリサにとってだけでなく、茉莉花《まりか》にも意外に感じられるものだった。

「松崎《まつざき》先輩が拡散したのではないみたいだけどね。先輩が友達グループの中で漏らしたことを、その内の一人がSNSに流したという経緯らしいわ」

「……もしかしてあの先輩、トモダチからも嫌われてる？」

茉莉花《まりか》の憶測に明《めい》は「そうかもね」と、ニコリともニヤリともせずに答えた。

◇　◇　◇

当然とも言えるが、アリサと松崎《まつざき》の一件が噂《うわさ》になっているのは一年生の間だけではなかった。

「アリサ、災難だったわね」

部活の最中、先輩の保田《ほった》佳歩《かほ》がアリサに声を掛けてきた。彼女はこの部で部長の初音《はつね》に次ぐ実力者で、今度の九校戦では初音《はつね》と組んでダブルスに出場する予定になっている。

「お気遣いありがとうございます」

アリサは少し見上げる視線でその言葉に応えた。アリサも女子にしては背が高い方だが、佳《か》歩《ほ》は彼女よりさらに高身長だ。部内のデータでは百七十センチということになっているが、アリサの目にはそれより四、五センチ高く見える。

データは四月に学校の身体測定で測ったものだから間違っていないはずだ。佳歩《かほ》のスリムなアスリート体型が、実際よりも背を高く見せているのだろう。

「まったく、松崎《まつざき》さんにも困ったものね」

佳歩《かほ》のぼやきを聞いて「どうやら松崎《まつざき》先輩は要注意人物らしい」とアリサは感じた。

しかしそれ以上突っ込んだことを訊《き》こうとは思わなかった。興味が無かったわけではないが、それ以上に「触らぬ神に祟《たた》り無し」と考えたのだ。あるいは「好奇心は猫をも殺す《Curiosity killed the cat》」か。

「本人に悪気は無いんだろうけど、絡《から》まれる方は迷惑だよねぇ」

だがアリサのそんな思いに反して、佳歩《かほ》は松崎秋湖《まつざきあきこ》に関する話を続けた。

「関係を勘繰られた相手はアリサのクラスメイトだっけ？　松崎《まつざき》さん、しばらくその男子に付《つ》き纏《まと》うだろうけど、アリサの方から話し掛けたりしなければ大丈夫だから。余り評判が良くない彼女だけど、嫌がらせしてくるとかの実害は無いはず」

「はい、邪魔をするつもりはありません」

「それが良《い》いね。アリサはこれからもちょくちょくこんなことがあると思うけど、自分の彼氏に手を出されたとかでない限り、関わらないのが正解よ」

そう言いながら佳歩《かほ》は、うんざりした顔をしている。アリサも思わず眉を顰《ひそ》めた。

「もちろん、他人の恋愛に無意味な口出しなんてするつもりはありませんけど……今回だけでは済まないと言われるんですか？　もしかして過去にも同じようなことが？」

「うん……実は、松崎《まつざき》さんに限ったことじゃないんだけど」

佳歩《かほ》の口調がいきなり歯切れの悪いものになる。

無理に詳しい事情を聞くつもりの無いアリサは、話を切り上げようとした。

「……早くも表れた成績順クラスの弊害なのかな。上のクラスを望めなくなった女子が上位クラスの男子に手当たり次第アプローチし始めるケースは、珍しくなくなっているの」

だがアリサが「もうこの位で」と切り出す前に、佳歩《かほ》が話を再開した。

「そういうのって縁だから、在学中に校内でパートナーを見付けようって考えるのはおかしくないんだけど。でも彼女たちがやろうとしているのは一種の青田買いなのよね……。露骨な計算高さに『不純だ』って反発する子もいたりして、ちょっとした火種になっているの。だから下手に関わると火傷《やけど》するかもしれない」

要するに自分が魔法師として成功する未来を思い描けないから、成功しそうなパートナーを捕まえようと頑張っている、ということだろうか。

魔法師の才能は高確率で遺伝により継承される。だから有能な魔法師は早くに結婚し早くに子供を作ることを求められている。優れた魔法師という戦力が欲しい政府によって、そういう風潮が作られている。

子供を産む女性に限った話ではない。女性魔法師程ではないが、高レベルの男性魔法師にも早婚を促す社会的な圧力が掛かっている。

つまり、のんびり構えていると好待遇・高収入を期待できる魔法師とは結婚できない。

自分自身も高レベルの魔法師なら周囲がお膳立てしてくれるかもしれないが、低レベルの魔法師にそのような縁は望めない。

最初の公的な魔法教育が行われる魔法科高校で伴侶を捕まえる「青田買い」は、成績が振るわない生徒にとっては将来設計をする上で合理的な戦略と言えるだろう。

だから佳歩《かほ》の話を聞いて、アリサは「計算高い」というネガティブな印象を懐《いだ》かなかった。どちらかといえば「良《い》いんじゃないかな」と肯定的に捉えていた。

「少し気が早いのでは？」とは思うが、人生のパートナーを選ぶ際に相手の将来性を考慮するのは当たり前のことだ。将来性が無いという理由で好きになった相手と別れるより、将来性があるから好きになるよう努力するという方が建設的だという気すらする。

とはいえ自分から地雷原に飛び込んでいく程、アリサは物好きではない。

「気を付けます」

佳歩《かほ》に対するアリサの応えは、彼女の本心だった。

◇　◇　◇

どんなに仲が良くても毎日お泊まりすることはできない。一人暮らしの茉莉花《まりか》に支障は無い——むしろルームシェアしたいくらいだ——が、アリサは家族と暮らしている。たとえそれが、愛情で結ばれていない家族であってもだ。

なお「愛情が無い」というのは、茉莉花《まりか》の主観なのだが。

一緒に暮らせない代わりに、二人は毎晩ビデオ通話でお喋《しゃべ》りしている。学校でも一緒、登下校も一緒。その上、就寝前に長電話。二人の生活パターンを知れば、「飽きないのか」と言いたくなる者もいるに違いない。

二人を良く知る者にとっては、結果が分かり切っている質問だが。間違いなく「飽きない」と声を揃《そろ》えた答えが返ってくる。

そんなわけで、茉莉花《まりか》は今夜もアリサとのお喋《しゃべ》りを楽しんでいた。

毎晩話す話題は、一日の出来事が主になる。

今夜は自然と、秋湖《あきこ》の話題になった。

『……そういえばクラブの先輩からも松崎《まつざき》先輩のことを聞いたよ』

昼休みの食堂で明《めい》と小陽《こはる》に聞いた話から、アリサが佳歩《かほ》に聞いた話へと会話をつなげる。

アリサは秋湖《あきこ》のことだけでなく、一部の女子の間に広がっている風潮についても話した。

「なる程ねぇ」

茉莉花《まりか》は「青田買い」の話を聞いて、納得顔で首を縦に振った。一回ではなく、調子良く二回も。

「恋人の将来性は重要だよね」

納得顔の理由を茉莉花《まりか》は訊《き》かれる前に言葉にした。

『考えることが私と一緒だね』

「アーシャも同じこと考えたの？　えへへ、やっぱりあたしたちって異体同心だね」

茉莉花《まりか》が嬉《うれ》しそうな笑みを浮かべる。

アリサの唇が綻んだのは茉莉花《まりか》の笑顔につられたのではなく、茉莉花《まりか》の物言いに「可愛《かわい》いなあ」と微笑《ほほえ》ましさを覚えたからだ。

——自分が茉莉花《まりか》から同じように思われていると、アリサは気付いていない。

「……とにかく、そういうことなら警戒する必要無いんじゃないかな」

『巻き込まれないように気を付ける必要はあると思うけど……』

楽観的な茉莉花《まりか》のセリフに、アリサが首を傾《かし》げる。

「だってアーシャは、火狩《かがり》君にそ、い、う、い、う興味は無いでしょ？　だったら普通にしているだけで大丈夫だよ。アーシャの先輩の話では、そこまで危険な人じゃないってことだし」

確かに佳歩《かほ》は「アリサの方から火狩《かがり》に話し掛けたりしなければ大丈夫」と言っていた。現実問題としてクラスメイトだから全く話し掛けないというのは難しいのだが、挨拶程度なら大丈夫だろう。だが、それすらも秋湖《あきこ》のヘイトを招くのだとしたら？

「もし普通にしていても駄目な人だったら、その時に対応を考えるしかないよ」

『……そうだね』

秋湖《あきこ》の為人《ひととなり》が分からない今の段階で、あれこれ思い悩んでも仕方がない。この点についてては、アリサも同感だった。


それからしばらく平和なお喋《しゃべ》りを楽しんで、茉莉花《まりか》はビデオ通話を切った。

そのままヴィジホンを置いたデスクを離れるのではなく、椅子の背もたれに背中を預けて伸びをしながら天井を見る。

考えるのは無論、アリサのことだ。

松崎秋湖《まつざきあきこ》という二年生は、アリサと浄偉《じょうい》の仲を疑っていた。

だが茉莉花《まりか》に言わせれば、全くの的外れだ。

確かにアリサは浄偉《じょうい》と仲が良《い》いが、あれは彼氏彼女関係に発展する間柄ではない。何処《どこ》まで行ってもお友達。茉莉花《まりか》はそう確信している。

茉莉花《まりか》が気になっているのは、もう一人の男子の方だ。

唐橘役《からたちばなまもる》。

先月から急激にアリサとの距離を詰めている、知的なイメージの少年。

今月のクラスはB組で、成績は茉莉花《まりか》や浄偉《じょうい》の方が上だ。

だが魔法実技を別にした「頭脳」は、おそらく役《まもる》の方がずっと上だ。アリサが役《まもる》から勉強を教わっている、というだけで、その事実が分かる。

見るからにインドア派で茉莉花《まりか》などからすれば少し頼りない感じがするのだが、アリサにはお似合いにも思われる。

（アーシャは彼のこと、どう思っているんだろう？）

好意は持っている、気がする。しかしそれがどういう種類の好意なのか、これだけ毎日一緒にいる茉莉花《まりか》にもはっきりとは分からない。

恋愛感情に発展する可能性を否定できない。

（……何か、嫌《や》だな）

茉莉花《まりか》は椅子から立ち上がり、ベッドにダイブした。

俯《うつぶ》せの体勢で枕に顔を押し付け、彼女には珍しい自己嫌悪《けんお》の沼に沈む。

アリサに恋人ができる。

それ自体も嫌だし、アリサに恋人ができるのが嫌だと考えてしまう自分も嫌だった。

（あたし、親友の恋を祝福できない心の狭い女だったのかな……）

茉莉花《まりか》の心を占めているのは独占欲なのだが、それが一体どういう性質のものなのか、彼女は無意識に考えるのを避けていた。

[2] 北の故郷《くに》から

「ええっ⁉」

ランチタイムの食堂で突如、少女が驚愕《きょうがく》の声を上げる。

今日は土曜日なので既に放課後。だがこれから部活や生徒会活動を控えている生徒たちが、食堂には大勢いた。

彼らの目が声を上げた茉莉花《まりか》に向けられる。

だが同席していたアリサは多人数の視線を気にしなかった。

「ミーナのところにも来たの？」

彼女は携帯端末に目を落としたまま茉莉花《まりか》に問い掛けた。

「アーシャのところにも？」

茉莉花《まりか》は視線に頓着しないこと、言わずもがなだ。

「明日というのは随分急だね」

「お父さんたち、何しに来るんだろ」

二人の元に届いたメールは、茉莉花《まりか》の両親が明日上京することになったという内容だった。

「今晩電話してみたら？」

「一緒に電話しようよ」

アリサの提案に、茉莉花《まりか》はこんなことを言い出した。

「いきなりお泊まりはできないよ」

アリサが茉莉花《まりか》のマンションへ泊まりに行くにせよ茉莉花《まりか》をアリサの部屋に招くにせよ、前《まえ》以《もっ》て——少なくとも前日の内に十文字家《じゅうもんじけ》の家族の了解を取っておく必要がある。

「泊まりじゃなかったら良《い》いでしょ？」

「うーん……。あんまり遅くなると克人《かつと》さんや勇人《ゆうと》さんが心配するから……」

「あたしがアーシャの部屋に行くんだったら良《い》いんじゃない？」

「ううん、同じだよ。ミーナが帰った後は『送っていかなくても良かったのか』って何時《いつ》も気にしてるんだから」

茉莉花《まりか》が「過保護だなぁ」と言わんばかりの呆《あき》れ顔《がお》になる。

「……それなら、遅くならなければ良いんだよ」

「まあ、そうかもしれないけど……」

「十文字家《じゅうもんじけ》の晩ご飯は七時からだよね」

茉莉花《まりか》の質問にアリサは不得要領な顔で頷《うなず》いた。

「じゃあ、今日は少し早めに帰らせてもらおう。五時に学校を出れば六時前には帰れるから、一時間は一緒にいられるよね？　七時前なら十文字家《じゅうもんじけ》の人たちもそんなに心配しないでしょ」

「多分……」

アリサの答えは自信なさげなものだったが、茉莉花《まりか》は気にせず「良し、決まり」と決定済みにしてしまった。

茉莉花《まりか》の宣言どおり二人は少し早めに風紀委員会の仕事を切り上げて下校し、アリサの部屋に着いたのは午後六時前。

アリサが制服から私服に着替えている間に、茉莉花《まりか》は携帯端末本体で早速母親に電話を掛けた。

「もしもし、お母さん？　……うん、そう。明日の件。急にこっちに来るなんてどうしたの？　えっ、お葬式？　誰の⁉　……分かった」

一瞬声を裏返らせた茉莉花《まりか》だが、すぐに落ち着きを取り戻してアリサに端末を差し出した。

「お母さん。アーシャに代わってって」

「私に？」

アリサは眉を顰《ひそ》めて茉莉花《まりか》から端末を受け取り、スピーカー部分を耳に当てた。

「……えっ？　マーマの？　……そうですか、そんな方が。……はい、分かりました。そうします」

神妙な表情で頷《うなず》いたアリサが端末を茉莉花《まりか》に返す。

その後、短い遣《や》り取《と》りを経て通話は切れた。

「アーシャ、誰のお葬式か教えてもらって良い？」

端末を耳から離し、茉莉花《まりか》がアリサに問い掛ける。

「小母《おば》さん、教えてくれなかったの？」

頷《うなず》く茉莉花《まりか》。彼女は母親から「貴女《あなた》は行かなくても良い」と言われただけだった。

「訊《き》かない方が良《い》い？」

「そんなことないと思う」

そう言いながら、アリサは少し迷っている様子だ。

「あのね、マーマの亡命を助けてくれたロシア人だって」

しかし間を置かず、すぐにこう答えた。

「じゃあ、アーシャのお母さんの恩人？」

アリサが北海道《ほっかいどう》の遠上《とおかみ》家に引き取られた理由は、彼女の母が幼いアリサを残して死んだ為《ため》。

そんな経緯だから当然だが、茉莉花《まりか》はアリサの母親を直接には知らない。

茉莉花《まりか》にとってアリサの母は『ダリヤ・アンドレエヴナ・イヴァノヴァ』という女性ではなく写真で見たことがあるだけの「アーシャのお母さん」でしかない。その恩人が亡《な》くなったと言われても、ピンと来ないのは仕方がなかった。

「それならあたしは遠慮した方が良《い》いというのも分かる」

茉莉花《まりか》は納得顔だが、アリサの受け取り方は違った。

「小父《おじ》さんたちとはずっと連絡を取っていたそうだら、ミーナが参列しても本当はおかしくないはずだけど……」

「一般論だと大勢の人に見送られる方が幸せというけど、人数が増えると色々大変だからね。関係が深かった人たちだけで弔いたいというのも分かるよ」

茉莉花《まりか》の実家は、はっきり言えば田舎だ。住民は少なくても地縁は強い。冠婚葬祭は結果的に、盛大なものになる。茉莉花《まりか》も何度か手伝いに駆り出されたことがあるから、その苦労は良く分かっていた。

「ごめんね」

このアリサの謝罪は日曜日なのに自分が茉莉花《まりか》と一緒に過ごせないことと、茉莉花《まりか》が久しぶりに会う両親と少しの時間しか一緒にいられないことの両方に対するものだった。

「変なの。アーシャの所為《せい》じゃないのに、アーシャが謝るなんて」

「変、かな？」

「うん、おかしい」

小首を傾《かし》げるアリサに、茉莉花《まりか》が断言を返す。

「そう？」「そうだよ」「そう……かもね」「うん、そうだよ」という余り意味の無い問答の後、二人はそのたわい無さに気が付いたのか、顔を見合わせて笑った。

◇　◇　◇

翌朝九時、アリサと茉莉花《まりか》の姿は慣例で『羽田空港《はねだ》』と呼ばれる東京湾海上国際空港にあった。無論、茉莉花《まりか》の両親の出迎えだ。

「あっ！」「出てきた！」

預け荷物受取所に姿を見せた遠上《とおかみ》夫妻に、アリサと茉莉花《まりか》は同時に気付いた。

荷物の管理システムも一世紀前から大きく進歩していて、今ではターンテーブルで自分の荷物を探すのではなく無線タグで保管ケースを呼び出す方式だ。昔に比べて受取所で長時間待たされることはなくなった。

到着ロビーに出てきた両親の許《もと》へ、茉莉花《まりか》が弾む足取りで駆け寄る。

そのまま抱き付くかとも思われたが、彼女はその直前で足を止めた。

父親の良太郎《りょうたろう》が小さな意外感を露《あら》わにしているのは、彼も娘が抱き付いてくれると思っていたからか。

実は茉莉花《まりか》もそのつもりだったのだが、寸前で「それって子供っぽくない？」と思い直したのだ。良太郎《りょうたろう》が懐《いだ》いた期待は、あながち勘違いとは言えなかった。

「お父さん、お母さん、久し振り」

だが娘に屈託の無い笑顔を向けられると、良太郎《りょうたろう》の表情に宿った落胆の翳《かげ》りはたちまち消え去った。

「茉莉花《まりか》、元気だったか？」

「変わりはなさそうね、茉莉花《まりか》」

父親の良太郎《りょうたろう》に続いて、母親の芹花《せりか》が目を細めて茉莉花《まりか》に声を掛ける。

「それにきちんとしているようで安心したわ」

もっとも芹花《せりか》の目付きは単純な笑みではなく、娘の暮らしぶりを値踏みするものだった。

「あはは……。ちゃんと約束は守ってるよ」

茉莉花《まりか》が空笑いを漏らす。

一人でも規則正しい生活をする。これが一人暮らしを許してもらうに当たって茉莉花《まりか》が約束させられたことだ。母のチェックに茉莉花《まりか》は内心、冷や汗を流していた。

「アリサも元気そう。大きくなったわね」

「小母《おば》さん。小父《おじ》さんも、ご無沙汰しています」

声を掛けられて、親子の再会を邪魔しないよう一歩引いていたアリサが茉莉花《まりか》の横に並んで小さくお辞儀する。

「大人っぽくなったなぁ……」

その姿に良太郎《りょうたろう》が感嘆を漏らした。確かに、上品な黒のワンピースを纏《まと》ったアリサはいつもより一段と大人っぽかった。

「でしょー！」

良太郎《りょうたろう》の称賛に応えたのは、茉莉花《まりか》の得意げな声。褒められたのはアリサなのに、茉莉花《まりか》は我がことのように喜んでいる。

「何時《いつ》までも男の子のような格好をしてないで、貴女《あなた》も少しはアリサを見習いなさい」

だが芹花《せりか》からハーフパンツにボーダーシャツというユニセックスな服装に駄目を出されて、茉莉花《まりか》は「はぁい」とトーンダウンした。

四人は茉莉花《まりか》の両親が部屋を取っている浅草《あさくさ》のホテルに向かった。葬儀は昼過ぎからで、精進落としを含めても夕方になる前に終わる予定だ。日帰りも十分に可能な時間なのだが、余裕を持って一泊することにしたのだった。

「じゃあ茉莉花《まりか》。また後で」

「うん。ちょっと部活に顔を出してから、マンションで待ってる。四時には戻っているから」

チェックインしたホテルのロビーで、茉莉花《まりか》が母親の言葉に頷《うなず》く。彼女はここで三人と別れた後、マジック・アーツ部の練習に参加するつもりだった。

アリサはホテルの部屋で喪服に着替えてきた良太郎《りょうたろう》たちと、このまま式場に直行だ。黒のワンピースはその為《ため》に着てきたものだった。

「ミーナ、後でね」

夜は四人で外食することになっている。アリサは「久々の家族水入らずだから」と遠慮したのだが「貴女《あなた》も家族ですよ」と芹花《せりか》に叱られては、それ以上の遠慮はできなかった。

「うん。アーシャ、頑張って」

アリサは葬儀に参列するだけで特に手伝う予定はないのだが、茉莉花《まりか》はそう言って姉妹のように育った親友を見送った。

◇　◇　◇

葬儀の式場は旧群馬《ぐんま》県桐生《きりゅう》市にあった。故人が日本に来てから死ぬまでずっと暮らしていた土地だ。

桐生《きりゅう》市に来て、アリサは漠然とした懐《なつ》かしさを覚えた。この町ではないが、アリサは遠上《とおかみ》夫妻に引き取られるまで桐生《きりゅう》市に住んでいた。当時は母親と二人暮らし。幼かった当時のことは余り良く覚えていないが、もしかしたら同じ市内で生活していた故人と昔、会っていたかもしれない。

「軽部《かるべ》さん？」

葬儀場に掲示されていた案内によれば、故人は『軽部《かるべ》』という姓のようだ。ロシア人と聞いていたから一瞬意外感を覚えたが、アリサはすぐに考え直した。浅草《あさくさ》からここに来るまでの間に良太郎《りょうたろう》が語ってくれた話によれば、故人は実母の亡命を助けたすぐ後に来日したということだから日本で暮らしていた期間は二十年以上になる。帰化していても全く不思議は無い。日本人と結婚してそちらの姓を名乗ったのか自分で新しい苗字《みょうじ》を考えたのかは分からないが、日本的な姓を名乗っていたことを訝《いぶか》しむのはむしろ失礼だろう。

「ユーリィは結婚した相手の姓を名乗っていた」

しかし、アリサの呟《つぶや》きは良太郎《りょうたろう》の耳に届いてしまっていた。ただそれでアリサが良太郎《りょうたろう》に叱責されることはなかった。彼はアリサの呟《つぶや》きを、単純な疑問と解釈したようだ。

「ユーリィさんと仰《おっしゃ》るのですね」

「そうだ。帰化後は軽部裕利《かるべゆうり》と名前を変えていたな。政府の監視下にあったダリヤさんが新ソ連から出国できたのは、彼の御蔭《おかげ》と言って良い」

良太郎《りょうたろう》の説明を聞いて、アリサの顔が曇る。

アリサの母は世界大戦中に当時のロシア政府によって作られた調整体だ。ロシアが新ソ連に変わり大戦が終わった後も、その身柄は政府の管理下にあった。そんな彼女を亡命させるリスクは、当時を知らないアリサにも想像できる。

「……先程のお話では、ユーリィさんが来日したのは母が亡命した半年後でしたよね？　もしかして、母を逃がした所為《せい》で故郷を捨てなければならなくなったのですか？」

アリサの質問に、良太郎《りょうたろう》は首を横に振る。

「そうだとも言えるが、責任を感じる必要は無い。彼が日本に逃がした亡命者はダリヤさんだけではない。それにあの当時、新ソ連では粛清の嵐が吹き荒れていた。彼らのような少数民族は多数派の不満の捌《は》け口《ぐち》にされていた。ダリヤさんのことがなくても、ユーリィは早晩亡命していただろう」

それを聞いてアリサの罪悪感は薄れたが、亡《な》き母や故人の厳しい境遇を思うと、到底気分は晴れなかった。

「あなた、お喋《しゃべ》りしていないで中に入りませんか？」

まだ時間前ということもあって、アリサと良太郎《りょうたろう》が話していたのは式場の外だ。偶然、芹《せり》花《か》が二人を促した直後に小雨《こさめ》がパラつきだす。三人は慌てて式場の中に駆け込んだ。

アリサが彼女と初めて言葉を交わしたのは葬儀が終わった後、精進落《しょうじんおと》しの会場だった。

名前は軽部《かるべ》絢奈《あやな》。故人の一人娘だ。

アリサより背が高く――見た感じでは部活の先輩である保田《ほった》佳歩《かほ》と同じくらいか――外見も大人びている。年齢は今年二十歳ということだから、アリサの四つ上だ。

形式的な挨拶の域を出ない会話だったが、印象は良好だった。やや中性的ではあるが違和感を覚える程ではない、日本人そのものの外見をしていた。

これは母親の血が強く表れたというだけではなく、父親の見た目も民族的に日本人と大差が無かったからだろう。新ソ連には様々な民族が暮らしている。故人は東アジア的な特徴が強い少数民族の出身だった。

向こうはアリサを見てすぐに亡命ロシア人の子女だと気が付いたようだ。口には出さなかったが表情の変化がそれを物語っていた。挨拶の為《ため》に他のテーブルへ移動する際、絢奈《あやな》はもう少しアリサと話を続けたがっているような素振りを見せていた。

◇◇◇

その日の夕食は茉莉花《まりか》の母・芹花《せりか》の希望により、浅草《あさくさ》で十九世紀から続いている老舗の天麩羅《てんぷら》屋に行った。

「……そういえば、今まで訊《き》いたこと無かったけど」

一人暮らしの生活態度について両親からあれこれ訊《き》かれてうんざりしていたのか、茉莉花《まりか》は質問が途切れた隙を逃さず話題転換を図った。

「お父さんたちって、新ソ連に行ったことあるの？」

何年も会っていなかった相手の葬儀に、態々北海道《わざわざほっかいどう》から出席する程だ。故人とはそれなりに深い関係にあったのだろう。

そして故人は、新ソ連から亡命する同国人を助けていたという。

その断片的な話から、両親も亡命者のサポートに関わっていたと分かる。

はっきりと聞いたわけではないが、アリサの母親ともその縁で親しくなったに違いない。

それは茉莉花《まりか》とアリサを結び付けた縁でもある。茉莉花《まりか》としては、無関心ではいられなかった。

「お父さんはあるわよ」

「そうなの？　お母さんと知り合う前？」

両親の仲は良すぎるくらい良好だ。父が新ソ連という危険な国に行くなら、母は無理矢理にでもついて行くに違いない。――茉莉花《まりか》はそう考えたのだった。

「そうだ」

茉莉花《まりか》の質問に良太郎《りようたろう》が頷《うなず》く。

「でもお父さんたちって学生時代に知り合ったんだよね？」

「新ソ連に渡ったのは大学生時代だ。半年間休学して、厳しい寒冷化の時代を生き延びたシベリアの畜産業の実態を学びに行った。ユーリィ……故人とはその時に知り合ったんだ」

それを聞いた茉莉花《まりか》が「今気が付いた」という風に目を丸くした。

「……よく出国できたね。しかも非友好国に」

「……当時はまだ数字落ち《エクストラ》に対する忌避感が強かったからな。私たちはいないもの、として扱われていた」

茉莉花《まりか》の問い掛けに良太郎《りょうたろう》は少し躊躇《ためら》い、声を潜めて答えた。

「ある意味では自由だった。魔法師に課せられる様々な制限が、存在しないことになっていた
私たちには適用されなかったんだ」

芹花《せりか》が気遣う眼差《まなざ》しを良太郎《りょうたろう》に向け「あなた……」と呟《つぶや》く。

アリサも表情を曇らせている。

だが茉莉花《まりか》は違った。

「――自由か。ちょっと羨ましいかも。だってあたしは、別に魔法師になれなくても良いし。

それより何処《どこ》へでも好きな所に行ける方が良《い》いな。魔法師だからって自由を制限されるのは割
に合わないと思う」

茉莉花《まりか》はあっけらかんとそう言い放った。

「……そうか。羨ましいか」

娘が口にした予想外の感想に、良太郎《りょうたろう》が苦笑を漏らす。

茉莉花《まりか》のセリフは、数字落ち《エクストラ》の過去の境遇を考えれば能天気すぎる感が否《いな》めない。だが陰鬱
な空気を吹き飛ばす効果があったことは否定できなかった。

「じゃあ、その人とお父さんは三十年近く付き合いがあったんだ」

「確かに知り合ったのはそれくらい前だが、親しくなったのはその五年後あたりからだな。大

学を卒業して北海道《ほっかいどう》で恩師の知り合いの動物病院を手伝い始めた頃に、ユーリィの方から連絡があった。亡命の手助けをして欲しいと」

「……五年前に会っただけのお父さんに、いきなり亡命のサポートを依頼してきたの？」

質問をした茉莉花《まりか》だけでなく、横で聞いているアリサも不思議そうにしている。

「ユーリィは魔法師ではなかったが、人間を含めた、動物が秘めている能力を見抜く特殊な目の持ち主だった」

「あ、それで……」

しかし良太郎《りょうたろう》の答えを聞いて、二人とも納得顔になった。

「当時は芹花《せりか》さんとの結婚を控えていたからシベリアには行けないと断ったんだが、亡命者の入国を手引きするだけで良《い》いと頼まれてね……。それから四年間、年に二件くらいのペースで新ソ連からの亡命を手伝ったんだよ。ダリヤさんが日本に逃れてきたのは三年目のことだったかな」

良太郎《りょうたろう》に目を向けられて、芹花《せりか》が頷《うなず》く。

「四年目にユーリィ本人が逃げてきたのを契機に、亡命の手伝いは他の方に引き継いだ。今でも活動を続けているはずだ」

「今では合法的な人道支援団体になっていますよ」

横から芹花《せりか》が補足する。

「えっ！　じゃあ、お父さんは密入国の手伝いをしていたの？」

その言葉に、茉莉花《まりか》が驚愕《きょうがく》する。たださすがに大声を出さない分別はあった。

「正規の入国手続きは取っていないが、法務省は黙認していた。外務省とは秘密裏の協力関係にあったからね」

良太郎《りょうたろう》は平然とした様子だ。今更逮捕されない自信があるのだろう。何か取引材料になるような、当局の後ろ暗いネタを隠し持っているのかもしれない。

「ユーリィが結婚した軽部《かるべ》さんは、ご実家が経営している会社で今でも亡命者の定住支援をされている。ダリヤさんが桐生《きりゅう》市に住んでいたのも軽部《かるべ》さんのお世話によるものだったんだよ」

「じゃあ、ご遺族の方に会ったことがあるように感じたのは気の所為《せい》ではなかったんですね？」

アリサの質問に良太郎《りょうたろう》が頷《うなず》いた。

「ただ、会社は後継者がいらっしゃらないんでしょう？」

「ああ。ユーリィは経営に携わる気がなかったようだし、奥さんのご兄弟も別に仕事をお持ちだ。会社自体の経営も昔ほど楽ではないようだし、これ以上支援事業を続けるのは難しいだろうな」

芹花《せりか》の指摘に、良太郎《りょうたろう》が苦い顔で応える。

「娘さんは続けたがっているようだが……」

良太郎《りょうたろう》の呟《つぶや》きに、アリサは絢奈《あやな》の顔を思い出していた。

[幕間《まくあい》]　誘惑

東シベリアで新ソ連から日本へ亡命を望む人々に助力し、自身も日本に亡命したユーリィ・ガルマエフ、日本名・軽部《かるべ》裕利《ゆうり》の葬儀はつつがなく終わった。葬祭場の手続きや弔問客の相手に休む間もなかった故人の妻とその娘は軽い虚脱感に囚《とら》われ、今更のように押し寄せてきた喪失の悲哀に沈んでいた。

「お母さん、近くまで大学の友達が来ているみたいなの。ちょっと行ってくるね」

「もう遅いから気を付けなさい。それと、お友達には心配してくれた御礼《おれい》を言っておくのよ」

「うん、分かった」

「心配を掛けたお詫《わ》び」ではなく「心配してくれた御礼《おれい》」。その言い方に母親らしさを感じながら、小さくない罪悪感と共に絢奈《あやな》は家を出た。

何故《なぜ》なら「大学の友達」というのは嘘《うそ》だからだ。

五分ほど歩いた道端に、同じ年頃の若い女性が立っていた。

絢奈《あやな》の姿を見て、軽く手を上げその女性の方からも歩み寄る。

その様子は、絢奈《あやな》が母親に告げたように大学の友人に見えた。

「来てくださったということは、力を貸していただけるのですね」

しかし絢奈《あやな》に対する第一声は、学友に掛けるものではなかった。

「……援助のお話は、確かですか」

「ええ、もちろん。国を出たとはいえ、お父様は同胞です。そのご遺族がお困りなのですから、手を差し伸べるのは当然ですよ」

実を言えば、絢奈《あやな》の実家には苦境が忍び寄っていた。

今日明日の暮らしに困るほどではない。だがこのまま手をこまねいていれば、祖父の会社は五年も持たないだろう。

母は経済的に、祖父に依存している。会社が倒産すれば、生活に困るのが目に見えていた。大学を卒業して無事に就職できれば、自分が母の生活の面倒を見るつもりでいる。破局が予想よりも早く訪れた場合は、大学を辞めて働く覚悟もある。だが祖父の会社の経営が立て直せれば、それに越したことはなかった。

中小企業とはいえそれなりの規模の会社だ。普通に考えれば、個人レベルの援助でどうにかなるものではない。

だがこの女性が持つ資金力は、個人レベルではなくもっと大きなものだった。個人どころか、彼女の背後に控えている組織は国際的な大企業をも凌駕《りょうが》していた。約束どおりの援助が得られれば、祖父の会社は間違いなく立て直せる。

「本当に、法に触れることはしなくても良いのですね？」

それでも絢奈《あやな》は、犯罪に手を染めるつもりは無かった。

「ええ、もちろんです。我々は同胞の血族である彼女と親しくしたいだけなのです」

このセリフが本音でないことは絢奈《あやな》にも分かっていた。この女性の組織は優秀な魔法師の因子を持つ彼女を仲間に引き込みたいのだ。

それが彼女にとって幸福な未来になるとは思えない。

しかし、自分がそこまで心配してあげる必要は無いと絢奈《あやな》は感じていた。

親同士は縁があったのかもしれないが、自分と彼女は赤の他人だ。

「……分かりました。具体的には、何をすれば良いんですか」

絢奈《あやな》には、他人の未来より肉親の生活の方が大切だった。

［3］悩む乙女たち

マーシャル・マジック・アーツ部とクラウド・ボール部の活動日の違いでアリサは毎週月曜日、茉莉花《まりか》の部活が終わるまで校内の何処《どこ》かで時間を潰す必要があった。アリサはこの時間を図書館での自習に充《あ》てている。

六月十五日、月曜日の放課後。今週もアリサは図書館の自習室を訪れた。

受付で校内ネットを利用する為《ため》の端末を借りて席を探す。今日も幸い、毎週使っている席が空いていた。自習室の座席は固定されていないのだが、常連は毎回同じ席を選ぶ傾向がある。それに利用者は、曜日と時間帯によってかなり固定化されている。

彼女が端末を開いてＩＤの認証を済ませたところで「隣、良《い》い？」と横から声を掛けられた。既に聞き慣れた男子の声だ。

「ええ。どうぞ」

応えながらアリサが振り向く。そこには予想どおりの同級生が立っていた。

「お邪魔します」

彼は、律儀《りちぎ》にそう言いながら腰を下ろす。

アリサの視線を受けて浮かべる含羞《がんしゅう》の笑みも見慣れたものだった。

この男子生徒の名は唐橘役《からたちばなまもる》。約一ヶ月前に知り合った同級生だ。

クラスは違うが相性が良《い》いのか、すぐに仲良くなった。今ではこうして一緒に勉強する仲だ。もっとも週に一回のペースなので、まだ大して回数は重ねていない。

彼氏という程の深い仲ではなかった。

「……ところで、少し立ち入ったことを訊《き》いても良い？」

「立ち入ったこと……？　うん、良《い》いよ」

「十文字《じゅうもんじ》さんが同じクラスの火狩《かがり》君と付き合っているという噂《うわさ》を聞いたんだけど、本当なの？」

だからこんな浮気《うわき》を咎《とが》められるような質問をされるなんて、思ってもみないことだった。

もっとも「浮気《うわき》を咎《とが》められている」と感じたのはアリサの誤解だ。

「何故《なぜ》そんなことを訊《き》くの？」

「いや、もしも付き合っているのが本当なら、こういうのは控えるべきかなと思って」

棘《とげ》のある声で反問された役《まもる》は、すこしおどおどした口調で答えた。

役《まもる》はこのように、気を遣ったただけだ。

だがこの時、アリサは役《まもる》の気遣いに自分でも理由の分からない苛立《いらだ》ちを覚えた。

「誤解だよ。唐橘《からたちばな》君の方こそどうなの？」

「えっ、どうって？」

アリサが見せた苛立《いらだ》ちに、役《まもる》は面食らっていた。彼にはアリサが何故《なぜ》機嫌を傾けたのか、まるで分からなかった。

「付き合っている彼女がいるなら、一緒に勉強するのはもう止めるけど」

「いないよ、彼女なんて」

慌てて否定する役《まもる》。

「私だっていない。彼氏がいたらそっちを優先するよ」

突《つ》っ慳貪《けんどん》な口調。アリサは心の中で「自分は何故《なぜ》こんな八つ当たりじみた物言いをしているのだろうか」と首を捻《ひね》りながら、自分をコントロールできずにいた。

「……ごめん」

「何故《なぜ》謝るの？」

「いや、何か……怒らせちゃったみたいだから」

ここまで相手に言わせてしまうと、さすがに罪悪感が勝る。

「……別に、怒ってないよ」

アリサは役《まもる》の顔を見ずにそう言い、端末を閉じた。

「私の方こそごめんなさい。私、少しおかしいみたいだから、今日はもう帰るね」

「えっ？　あっ、うん」

「ごめんなさい、また今度」

ひどく戸惑っている役《まもる》を置いて、アリサは自習室から退席した。

(……今の私、何？　どうしちゃったんだろ……)

戸惑いはむしろ、役《まもる》よりもアリサの方が大きかったかもしれない。

彼女は自分が何故《なぜ》、何に苛立《いらだ》っているのか、まるで理解できなかった。思い返してみても、役《まもる》との会話に気分を害されるような要素は何一つ無かった。

八つ当たりにだって、理由がある。思いどおりにならない何かがあって、その不快感を別の誰かにぶつけて解消しようとするのが八つ当たりだ。しかしさっきは、そもそも苛立《いらだ》ちの原因となる「何か」にアリサは思い当たらなかった。

先程の「調子が悪いから帰る」というのは席を立つ為《ため》の口実。理不尽な自分にいたたまれなくなって逃げてきただけだった。だが改めて自分の状態を考えてみると、本当に何処《どこ》かおかしい気がする。

今日はもう、帰った方が良《い》いのだろうか？

(……とにかく、ミーナのところへ行かなきゃ)

先に帰るにしても茉莉花《まりか》には声を掛けておかなければならない。アリサは混乱を抱えたまま小体育館へ向かった。

◇◇◇

三高との——より正確に言えば一条茜《いちじょうあかね》との対戦に向けて闘志を燃やしている茉莉花《まりか》は、このところ大きな悩みを抱えていた。

練習相手不足だ。

うぬぼれではない。客観的に、茉莉花《まりか》と対等以上の実力を持つ女子部員は、部長の北畑千香《きたはたちか》以外にいないのだ。同じ相手とばかり稽古をしていると、どうしても戦い方に偏りが出てくる。

部内の和を考えて、茉莉花《まりか》はこのことに関する不満を口にしていなかった。だが実力者の目には明らかだったようだ。

「遠上《とおかみ》さん。今日は自分と稽古しようか」

ウォーミングアップが終わったところで、男子部部長の千種正茂《ちぐさただしげ》が茉莉花《まりか》に声を掛けてきた。

「よろしくお願いします!」

無論、茉莉花《まりか》に否《いな》やはない。彼女は風を起こす勢いで頭を下げた。

「こちらこそお手柔らかに。組み技は無しにしようか?」

勢いよく食い付いてきた茉莉花《まりか》に、千種《ちぐさ》が笑いながら提案する。

「いえ、制限無しでお願いします!」

茉莉花《まりか》はやる気満々、闘志百パーセントの顔で早くも構えを取った。

◇　◇　◇

「ミ……！」

危うく「ミーナ！」と声を上げそうになって、アリサは慌てて自分の口を手で塞いだ。

いきなり叫んだりしたら練習の邪魔になってしまう。声援ならともかく、悲鳴はまずい。

アリサは自分が格闘技観戦に向いていないことを良く知っている。だから部活中の茉莉花《まりか》を見に行く時はいつも事前に、念入りに心構えを作ることにしている。今日も小体育館に入る前に、しっかり深呼吸して心を落ち着けたつもりだった。

それなのに思わず悲鳴を上げそうになったのは、茉莉花《まりか》が男子に組み敷かれている姿がいきなり視界に飛び込んできたからだった。

「ミーナが襲われてる！」とパニックに囚《とら》われたのは一呼吸に満たない短い時間だった。悲鳴を上げ掛けた時には、試合形式の練習で押さえ込まれているだけだと気付いた。だからこそ口を押さえる手が間に合ったのだが。

茉莉花《まりか》に覆《おお》い被《かぶ》さっていた男子は茉莉花《まりか》がタップでギブアップの意思を示すと、すぐに彼女の上から離れた。立ち上がったその横顔を見て、茉莉花《まりか》の相手をしているのが男子部の部長だと分かる。

幾ら何でも無茶だ、とアリサは思った。一年生と三年生、女子と男子のハンデに加えて相手は部長。敵《かな》うはずがない。

それはアリサの思い込みではなかった。その後も茉莉花《まりか》は千種《ちぐさ》部長にやられ続けた。

ハラハラしながら茉莉花《まりか》を見守っているうちに、アリサはイライラとモヤモヤを忘れていた。


やがてホイッスルが鳴り、茉莉花《まりか》と千種《ちぐさ》がお互いに礼をする。アリサが自由組手を観戦していた体感時間は長かったが、客観的には十分余りに過ぎなかった。

アリサは深く息を吐き出し、観戦用ギャラリー（二階の高さに取り付けられた回廊状の観戦用通路）の手摺《てす》りに捕まって、俯《うつむ》いた体勢で浅く短い呼吸を繰り返した。無茶をしている茉莉《まり》花《か》が心配で無意識に息を詰めていたのだ。

息を整えたアリサが、改めて茉莉花《まりか》に目を向ける。茉莉花《まりか》はマットに正座して、隣で胡座《あぐら》をかいている千種《ちぐさ》と真面目な顔で話をしている。

多分、今のスパーリングで直すべき点の指導を受けているんだろうな、とアリサは思った。真剣に教えを受けている茉莉花《まりか》も真摯に指導している千種《ちぐさ》部長も、好感の持てる姿勢だった。

声を掛けるのを忘れて二人を好意的に見詰めているアリサだったが、その表情がいきなり強《こわ》張《ば》った。

不意に笑った、茉莉花《まりか》の笑顔を見て。

高校の部活中だ。どんなに真面目でも冗談くらい言うだろう。

だがあんな茉莉花《まりか》の笑顔を、アリサは初めて見た。

相手の視線を気にした、少し取り繕った笑み。

別におかしなことではない。部活の上級生、しかも異性の先輩と一対一で話をしているのだ。

同級生同士、同性同士を相手にする時のような「素顔」ではいられない。

多分自分でもそうなるだろうと、アリサは思う。

ただその茉莉花《まりか》の笑顔が大人っぽく見えた。

女を感じた。

それが今のアリサには、妙にショックだった。

アリサは茉莉花《まりか》と千種《ちぐさ》から身体《からだ》ごと目を背け、ギャラリーの出口に向かった。


（アーシャ？）

茉莉花《まりか》はギャラリーのアリサに、組手の最中から気付いていた。

その証拠に、というわけではないがアリサに気を取られてディフェンスに失敗したのを、組手後の指導で最初に注意された程だ。

だからアリサが帰ろうとしたのに、茉莉花《まりか》はすぐ気が付いた。

「先輩、ちょっとすみません！」

　まだ指導は終わっていなかったが茉莉花《まりか》は慌てて立ち上がり、アリサを捕まえるべく小体育館の出入り口へ向かった。

幸い――この場合、茉莉花《まりか》にとっては「幸い」と表現しても良いだろう――アリサの足取りは重い。茉莉花《まりか》は小体育館を出てしまう前にアリサの背中を視認することができた。

「アーシャ！」

茉莉花《まりか》の呼び掛けに、アリサの肩が小さく震える。振り返る動作が躊躇《ためら》いがちなものだったのも、茉莉花《まりか》の気の所為《せい》ではないはずだ。

「ミーナ、まだ練習中じゃないの？」

口調はいつもどおりを装《よそお》っているが、茉莉花《まりか》の耳は誤魔化せなかった。彼女だから分かる程度の微《かす》かなものだが、明らかに動揺している。

「アーシャが見えたから少し抜けてきた」

「そうなんだ」

「アーシャはもう帰るの？」

「うん……。何だか、調子が悪くて」

それを聞いても茉莉花《まりか》は慌てなかった。調子が悪いというのは完全な嘘《うそ》ではないだろうが、どちらかと言えば口実だ。そんな風に茉莉花《まりか》には見えた。

「だったら声を掛けてくれれば良いのに」

しかしそれをストレートに問い詰めるような真似《まね》はしない。茉莉花《まりか》は何も考えていないように見えても、決して無神経ではなかった。

「試合も近いし、邪魔しちゃ悪いと思って」

さっきよりも分《わ》かり易《やす》く、アリサが無理をして笑う。

「だからって、具合が悪いアーシャを一人で帰らせられないよ。ちょっとだけ待ってて。部長に早退するって話してくるから」

「ダメだよ、そんなの！」

アリサが慌てて茉莉花《まりか》の腕を摑《つか》む。

その顔に浮かぶ焦《あせ》りは本気の表情だった。

「でも」

茉莉花《まりか》の方も演技ではなかった。茉莉花《まりか》が自分のことを本気で心配しているのが分かるから、アリサの焦《あせ》りは余計に膨らんでいく。

「少し休んでいれば大丈夫だから！」

「そう？　本当に？」

「うん、本当。アイネブリーゼで待ってる」

「分かった。アーシャ、黙って帰っちゃやだよ」

茉莉花《まりか》がアリサの瞳をのぞき込む。

「分かってる」

その眼差《まなざ》しに、アリサは逆らえなかった。

◇ ◇ ◇

一高と最寄り駅をつなぐ通学路から少しだけ脇道に逸《そ》れた所に喫茶店アイネブリーゼはある。

一高と駅の間には通学路に面したコーヒーショップとファストフード店もそれぞれ一店舗ずつあって、一高生が寄り道するのはそちらの方が多い。

だからといって、アイネブリーゼに閑古鳥は鳴いていない。ここはあの司波達也《しばたつや》の行き付けの喫茶店だったということで密《ひそ》かに名が知られており、熱心な常連客がついていた。

そんなアイネブリーゼだが、今日は客が少なかった。偶々《たまたま》空いている日なのかもしれないし、雨になりそうな空模様なので常連も降り出す前に帰ったのかもしれない。

そんな閑散とした店内で、アリサはカウンターを独り占めしていた。カウンターに肘を置き、重ねた両腕に片方の頬を載せるという彼女にしては珍しく行儀の悪い姿勢で、一口付けただけのアイスコーヒーのグラスを見詰めている。

今にも深いため息を漏らしそうな、アンニュイな雰囲気だ。

「どうしたの、元気がないね」

背後から掛けられた聞き覚えのある声に、アリサはゆっくり身体《からだ》を起こした。

普段であれば慌てて姿勢を正しただろう。アリサの不調は本格的なものになっていた。

「誘酔《いざよい》先輩」

彼女は振り返って相手の名を呼び、座ったまま頭を下げた。

「どうしたの？」

早馬《そうま》は頷《うなず》くように会釈《えしゃく》を返して、問い掛けを繰り返す。

「先輩、今日は委員会の当番ではありませんでしたか？」

アリサは質問に質問を返すことで、早馬《そうま》の質問に答えることを拒んだ。

「見回りなら終わらせたよ」

「正門が閉まるまで、まだ結構時間があると思いますが」

非難のニュアンスを含むアリサのセリフに、早馬《そうま》が苦笑いを浮かべる。

「十文字《じゅうもんじ》さんたちは誤解しているみたいだけど、別に下校時間ギリギリまで続ける義務は無いんだ。そもそも仕事じゃないんだしね」

「見回りは風紀委員会の仕事だと思いますけど？」

アリサが訝《いぶか》しげな表情で問い返す。

早馬《そうま》は「そうじゃない」と言うように首を横に振った。

「僕たちは学校職員じゃなくて、学生だよ。僕たちの仕事はあくまでも勉学で、委員会は課外活動。疎《おろそ》かにして良いものじゃないけど、そこまで縛られる必要は無いんだ」

意表を突かれたアリサの顔から表情が抜け落ちる。無表情ではなく、無防備な顔だ。

「……勇人《ゆうと》さんはいつも、最後まで残っていますよ」

アリサは数秒を掛けて再起動し、何とか反論を繰り出す。

「生徒会は伝統的にワーカホリックなんだよ。自分たちで何でもやってしまうのは他の生徒の為《ため》にも良くないと思う。与えられるだけでは、当事者意識が育たない」

「お話は理解できますけど……」

早馬《そうま》に向けている目をアリサが細める。

笑顔ではない。呆《あき》れ顔《がお》だった。

「先輩、手を抜く言い訳にもっともらしいことを仰《おつしや》っているんじゃありませんよね」

「まさか。まず隗《かい》より始めよ、だよ」

「…………」

「隗《かい》より始めよ」という故事成語は「言い出した者から実行しろ」という意味にも使用される。一部の生徒だけが遅くまで残って生徒会の仕事を全部やってしまっている所為《せい》で、他の生徒が無関心になっている。この現状を是正する為《ため》に、自分は率先して早く下校しているのだ。――早馬《そうま》はそう言いたいのだろう。

しかし風紀委員の仕事は九校戦の準備のような、大勢で分担して行う性質のものではない。

アリサには早馬《そうま》の主張が論理のすり替えにしか思えなかった。

「少し元気になったみたいだね」

早馬《そうま》がいきなり話題を変える。

自分でも無理がある主張だと彼は思ったのかもしれない。アリサの疑わしげな視線に、旗色が悪いと感じて話を逸《そ》らそうとした可能性は十分にある。

ただアリサは早馬《そうま》の指摘に、自分の中に居座っていた正体不明の蟠《わだかま》りが薄れていると気付かされた。心が軽くなったのは、間違いなく早馬《そうま》の御蔭《おかげ》だ。

そのことにアリサは心の中で、少し、、、だけ感謝した。

◇◇◇

茉莉花《まりか》と合流したアリサは、すぐにアイネブリーゼを出た。早馬《そうま》がいるのを見て、茉莉花《まりか》がアリサを引っ張り出したのだ。

「アーシャ、誘酔《いざよい》先輩と何を話していたの？　何も変なことは言われなかった？」

帰りの個型電車《キャビネット》が発車して早々、茉莉花《まりか》がアリサに訊《たず》ねる。

相変わらず茉莉花《まりか》が早馬《そうま》に向ける目は厳しい。

アリサは思わず考え込んでしまった。茉莉花《まりか》が言うような意味での「変なこと」ではなかったが、論理がねじれているという意味で早馬《そうま》の話は十分に「変なこと」だった。

「変なこと……」

「やっぱり！」

憤慨する茉莉花《まりか》。彼女にしてみれば当然の怒りだろう。

「あっ、別にいやらしいことを言われたんじゃないから」

茉莉花《まりか》に誤解と不和の種を植え付けたいわけではなかったので、アリサは慌てて言い添えた。

「そうなの？」

「うん。見回り当番を早めに切り上げる理論武装……というか、言い訳じゃないかな」

そう前置きしてアリサは早馬《そうま》の主張を、彼の言葉をほぼ再現する形で茉莉花《まりか》に教えた。

「ふーん……。珍しくまともなことを言ったんだね」

意外なことに、茉莉花《まりか》は早馬《そうま》に共感しているようだ。

「ミーナは、まともだって思うんだ」

茉莉花《まりか》の顔に「しまった！」という表情が過《よぎ》る。

その後、妙に顔が強張《こわば》ったのは平静を装《よそお》うとしているからに違いない。

「いや、あたしも誘酔《いざよい》先輩のセリフは言い訳だと思うよ」

茉莉花《まりか》本人は落ち着いた口調で喋《しゃべ》っているつもりなのだろうが、アリサには親友の狼狽《ろうばい》が手に取るように分かった。

(そんなに焦《あせ》らなくても良いのに……)

茉莉花《まりか》が早馬《そうま》のことを褒めたって、アリサは「茉莉花《まりか》が早馬《そうま》に好意を懐《いだ》いている」などというを誤解はしない。茉莉花《まりか》が早馬《そうま》のことを「胡散臭《うさんくさ》い」と思っているのを、アリサは理解していた。

「ただ役員とか委員とかだけに遅くまで雑用をやらせて、他の生徒は知らん顔しているのは違うんじゃないかと思っただけ。コストを支払わずにメリットだけを与えられる環境は人を駄目にすると思う」

理屈の上では正しいとアリサも思う。

だがどんな正論も、それを口にする時と場合で屁理屈《へりくつ》に堕《お》ちる。

故にアリサは茉莉花《まりか》のように、早馬《そうま》の言い分に共感することはできなかった。

「それより、もう大丈夫なの？」

自分がどつぼにはまりかけていると覚《さと》ったのか、茉莉花《まりか》はいきなり話題を変えた。

「さっきよりも楽になったよ」

アリサは慌てなかった。調子が悪かったのもそれが改善したのも嘘《うそ》ではないのだ。イライラしたりモヤモヤしたり正体不明のショックに襲われたりで、精神的にひどく消耗していたのが原因だろう。

今でも自分の状態を正確に把握できているとは言えない。だが実感として、頭が軽くなったのは分かる。早馬《そうま》との何ということはないお喋《しゃべ》りがその切っ掛けになったということも、アリサは渋々認めていた。

「良かった。でも、何が原因だったんだろう？」

「分からないけど……」

茉莉花《まりか》に促される格好で、アリサは記憶を探った。

「……唐橘《からたちばな》君と話をしていたら急に気分が悪くなったの」

茉莉花《まりか》が「おっ⁉」という感じに目を輝かせる。

アリサは思考に没頭していて親友の不幸を喜んでいるようにも見える、期待感が隠し切れず漏れ出してしまっている茉莉花《まりか》の表情には気付かなかった。

「どんな話？」

「別に意地悪なことを言われたんじゃないよ。火狩《かがり》君のことを聞かれて、それで」

「アーシャが火狩《かがり》君と付き合っているとかいう噂《うわさ》？」

「うん、その話」

「それで、何を言われたの？」

「付き合っているなら一緒に勉強するのを止めた方が良《い》いんじゃないか、って」

自分が役《まもる》の女性関係を問い詰めた件をアリサは話さなかった。

隠したという意識も無かった。

一方の茉莉花《まりか》は、わずかにだが無意識に口角を上げていた。

今のアリサの話だと役《まもる》は、アリサに彼氏がいるなら自分は離れた方が良《い》いと考えている。

つまりまだ、アリサに対してその程度の感情しか懐《いだ》いていないということだ。

役《まもる》が最も手強《てごわ》いと考えていた茉莉花《まりか》にとって、これは朗報だった。

「ねぇ、アーシャ」

懸念《けねん》事項が一つ消えて、茉莉花《まりか》は調子に乗ってしまう。

「さっき何も言わずに帰ろうとしたのは、あたしが千種《ちぐさ》先輩と差しで話をしていたからじゃない？」

「えっ⁉」

「もしかして嫉妬してくれた？」

「はっ？　何言ってるの？」

しかし返ってきたのは冷淡な反応。

茉莉花《まりか》は自宅の最寄り駅に着くまで、アリサの機嫌をとり続けなければならなかった。

お互いに笑顔で「お休みなさい」を告げて、毎晩の日課になっている茉莉花《まりか》とのビデオ通話を終える。

◇◇◇

だが画面がブラックアウトした直後に、アリサの表情は曇った。

(今日はミーナに悪いことしちゃったな……)

彼女が思い返しているのは、個型電車《キャビネット》の中での自分の振る舞いだ。

あの時の自分は、気の置けない親友相手だとしても態度が悪かった。……もっともアリサは、自分が百パーセント悪かったとは思っていない。彼女はそこまで深刻な自罰的マゾヒズムを持ち合わせてはいなかった。

そもそも個型電車《キャビネット》の中でのことは、茉莉花《まりか》が「嫉妬してくれた?」などという無神経な質問をしたのが原因だ。

だが——デリカシーには欠けていても、的外れではなかった。

何も言わずに小体育館から立ち去ろうとしたあの時、自分の中には嫉妬もあった。

嫉妬して、心の中で八つ当たりして、それを心の外に出したくなかったからあの場から逃げたのだと、今なら分かる。

いや、本当はあの時から分かっていた。考えないようにしていただけで、心の底では理解していた。

八つ当たりの原因となった憤《いきどお》りは、役《まもる》に対するものだ。

自分は、特定の彼氏がいながら別の異性と二人きりで長時間過ごすような、軽い女ではない。それを何故《なぜ》分かってくれないのか。アリサはあの時、そう思ったのだ。実際に口に出して役《まもる》に言い返しもしたが、それだけでは腹の虫が治まらなかった。

（でも、何で私、あんなにイライラしたんだろう……）

彼女は他人に対して攻撃的になれない性分だ。相手が傷付くかもしれないと思うと、そこで躊躇《ためら》ってしまう。あんな風にはっきりと口にして苛立《いらだ》ちをぶつけるのは、彼女のいつもの行動パターンではなかった。

アリサは自分のことを、言いたいことも言えないような気が弱い女の子だとは思っていない。空気に逆らうような発言も、割と覚えがある。

だが役《まもる》に対する、あれは違う。あれは、自分らしくなかった。

そんな後悔がアリサの心に絡《から》みついていた。

（あんな風に喧嘩《けんか》腰《ごし》になる必要なんて無かったのに）

もっと落ち着いて話せば、笑って済ませられるシチュエーションだった。そうすれば喧嘩《けんか》別《わか》れみたいな幕切れにはならずに、いつもどおりの放課後だったはずだ。

（何であんな態度を取っちゃったんだろう？）

（唐橘《からたちばな》君に嫌な子だって思われちゃったかな……）

アリサの思考は何時の間《いつのま》にか茉莉花《まりか》に対する罪悪感ではなく役《まもる》に関わる後悔に置き換わっていた。

それをアリサは、自覚していなかった。

［4］備える乙女たち

旧石川《いしかわ》県金沢《かなざわ》市にある国立魔法大学付属第三高校。

その武道場で男女二名ずつ、四人の一年生が輪を作っていた。

一条茜《いちじょうあかね》、一条《いちじょう》レイラ（劉麗蕾《リウ・リーレイ》）、十文字《じゅうもんじ》竜樹《たつき》、伊倉《いくら》左門《さもん》の四人である。

「練習相手不足かぁ。無理もないって言うか、どうしようもないよなぁ」

「練習相手がいなくて困っている」という茜《あかね》の愚痴に、左門《さもん》がしみじみとした口調で相槌《あいづち》を打った。

「小松《こまつ》基地の隊員が相手をしてくれていると聞いたが」

疑問を呈したのは竜樹《たつき》だ。彼は風紀委員の見回り中だった。

「はい。二週間に一度ですが」

レイラがいつもの丁寧な口調で竜樹《たつき》の疑問に答える。

「そうか……。それだと確かに物足りないだろうな」

「回数だけの問題じゃないのよ」

頷《うなず》いた竜樹《たつき》に、茜《あかね》が横から口を挿《はさ》む。……この場合の「横から」というのは単に立っている場所を指していた。竜樹《たつき》の右隣が茜《あかね》、その右がレイラ、その右が左門《さもん》で左門《さもん》の右が竜樹《たつき》という位置関係の輪になっている。

「軍人相手だと、魔法力はともかくそれ以外の部分で差がありすぎるの」

「それはそうだろうな」

「上達を目指すには自分より実力に勝る相手と稽古するのが基本だけど……。一高との対抗戦を控えている今の状況だと、レベルが違い過ぎる相手との稽古は良《い》いことばかりじゃない」

「そういえば来月の第一日曜日に一高を招いて試合をするんだったな」

茜《あかね》のセリフに竜樹《たつき》は、マジック・アーツ部の対抗戦が風紀委員会でも話題になっていたのを思い出した。

「急用が入らなければ応援に行かせてもらう」

「うん、ありがとう」

「それで今の話だが、要するに勝負勘が狂うのを恐れているのか？」

竜樹《たつき》が自分の所為《せい》で脇道に逸《そ》れた話題を元に戻す。

「そう、それよ！」

茜《あかね》はビシッと竜樹《たつき》を指差しながら肯定した。

しかしすぐにレイラから「茜《あかね》、お行儀が悪いですよ」とたしなめられ、茜《あかね》は竜樹《たつき》を指差した右手を引っ込めて、その手で頭をかきながら誤魔化し笑いを浮かべた。

「……つまり、実力が近い練習試合の相手が欲しいの。でもマジック・アーツの競技者は数が限られているからなぁ」

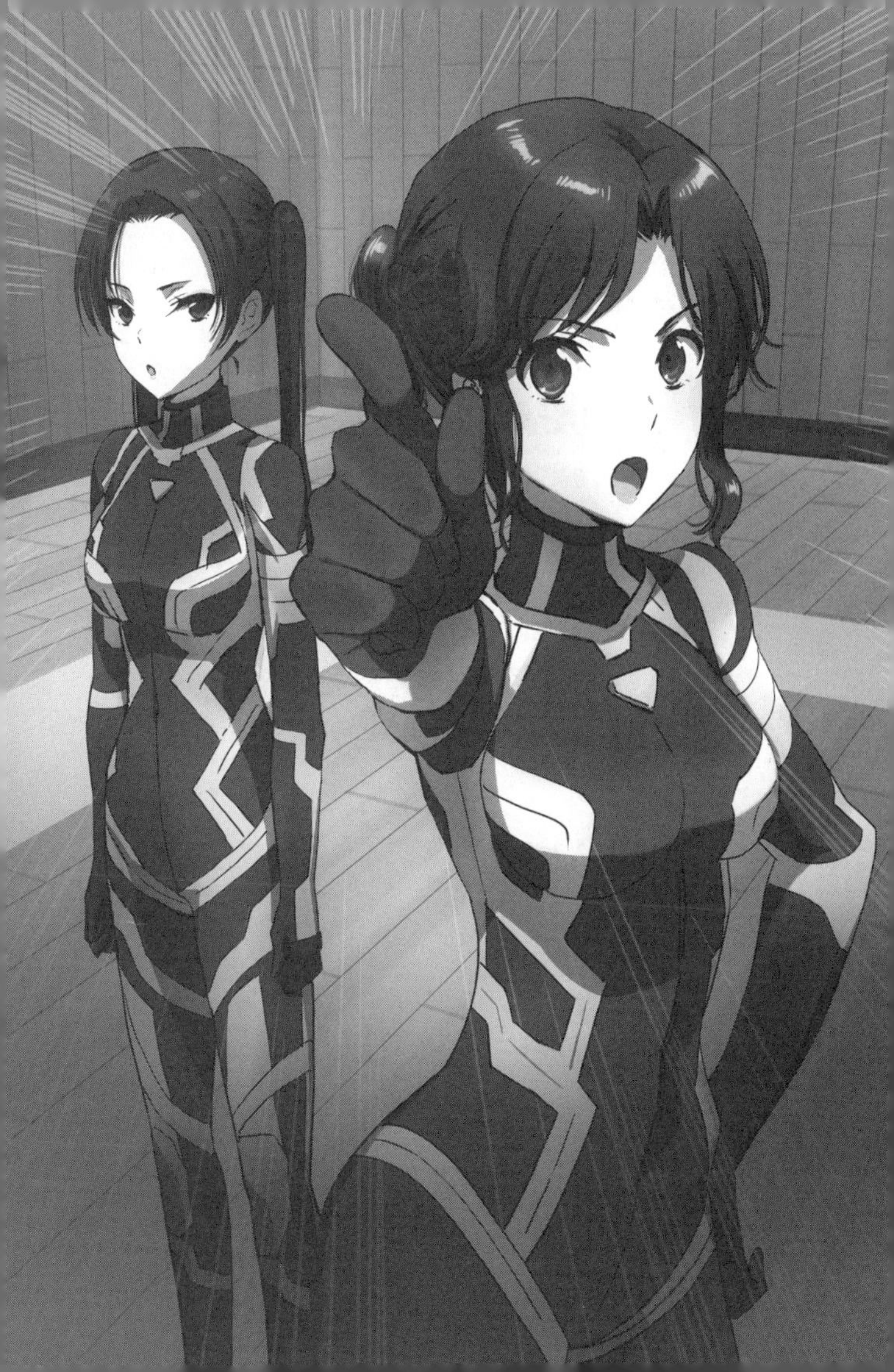

ややトーンダウンした口調で茜《あかね》がぼやく。

「……なぁ。今の話だと、相手はマジック・アーツの選手じゃなくても構わなくないか？」

左門《さもん》の指摘に、茜《あかね》が「どういうこと？」と訊《き》き返した。

「軍人とは格闘技の技量に差があり過ぎるから、違う相手が欲しいんだろ？　だったら魔法を使わない格闘技の練習試合でも良《い》いんじゃね？」

「あっ……」

声を漏らした茜《あかね》は、「盲点だった」という表情を浮かべている。

「日拳とか総合とかの部活なら近くの高校にもあるぜ」

左門《さもん》が言っている「日拳」は日本拳法のことで、「総合」は総合格闘技のことだ。試合形式はともかく、格闘技としての技術はどちらもマジック・アーツとの共通点が多い。

「できれば総合の方が良《い》いな」

茜《あかね》の注文に竜樹《たつき》は心の中で頷《うなず》いた。マジック・アーツには日拳のような「一本」の概念が無い。試合形式の練習を行うなら総合の方が茜《あかね》の目的に適《かな》う。

「だったら加賀《かが》大附属だな。紹介しようか？」

「伝手《つて》があるの⁉」

左門《さもん》の提案に、茜《あかね》は勢い良く食い付いた。

「あそこの柔道部とはしょっちゅう練習試合をしている間柄だ。うちの部長を通せば話を付けてくれると思うぜ」

「部長に話してくる」

茜《あかね》が身を翻《ひるがえ》して走り出す。マジック・アーツ部の部長に相談しに行ったのだろう。

「すみません、また後で」

取り残された格好の竜樹《たつき》と左門《さもん》にレイラは丁寧にお辞儀をして、茜《あかね》の後を追い歩み去った。

◇◇◇

六月十七日、水曜日の放課後。

クラウド・ボール部が借りているコートに明《めい》がやってきた。

「いらっしゃい、明《めい》。生徒会の用事？　部長だったらもうすぐ出てくると思うけど」

ベンチで休憩していた日和《ひより》が、立ち上がって彼女を出迎える。

「生徒会の仕事なのは間違いないけど、部長さんに用事というわけじゃないわ。少し見学させてもらっても良い？」

「構わないと思うよ」

そう言って日和《ひより》は明《めい》に座るよう勧めた。

明《めい》は日和《ひより》と隣り合ってベンチに腰を下ろす。

そしてコートに目を向けた明《めい》は、訝《いぶか》しげに眉を顰《ひそ》めた。

「あれは何をしているの？　アリサが部長さんのペアを一人で相手にしているみたいだけど」

明《めい》が訝《いぶか》しむの無理はなかった。

現在、コートに入っているのは三人。

初音《はつね》&佳歩《かほ》のペアと、その向かい側にはアリサ一人。

「あー、まぁ、確かに奇妙な光景だよね」

日和《ひより》が半笑いの声で答える。

「部長と保田《ほった》先輩、まだ仮だけど九校戦の選手に選ばれたじゃん？　あれは九校戦に向けた特訓だよ」

「アリサ一人を相手に？」

明《めい》は「ますます訳が分からない」という顔で首を傾《かし》げた。

日和《ひより》が「分からないだろうな」という顔で頷《うなず》く。

確かに三人がやっていることは、解説されなければ分からないだろう。

「アリサには壁役になってもらっているんだよ」

日和《ひより》はそんな言葉から説明を始めた。

「壁？」

明《めい》が改めてコートを注視する。

初音《はつね》と佳歩《かほ》が打ち返すボールは、ネットから四、五十センチの所でことごとく反射されている。確かに、見えない壁があるような光景だ。

ただ壁と違うのは、撥《は》ね返るボールのスピードが速くなったり遅くなったり、角度が変わったりとしている点だった。

「クラウド・ボールには魔法使用に関する幾つかの制限がある」

「それは知ってるわ。調べたから」

明《めい》の応えに、日和《ひより》は「だったら話は早い」という表情を浮かべた。

「その内の一つにシールドサイズに関する制限があるから、試合ではああいうネットの端から端まで、コートの床から天井までなんてシールドは使えない。でもその制限がなければ、あんなトップクラスのプレーを再現できるんだ」

「トップクラス？」

「クラウド・ボールは、ネットを越えてきたボールを全て打ち返せたら必ず勝てる。テニスなんかと違ってアウトオブバウンズが無いからね。現に四代前の生徒会長さんは今アリサが使っているのと同じ種類の戦法で、九校戦で連続優勝を果たしている」

「七草真由美《さえぐさまゆみ》先輩のことね……。アリサは真由美《まゆみ》先輩と同じくらいの実力があるということかしら？」

明《めい》は七草真由美《さえぐさまゆみ》と直接の面識はない。それなのに苗字《みょうじ》ではなく名前で呼んでいるのは、「七《さえ》草《ぐさ》元会長」が一高には二人いるからだ。

前生徒会長が七草泉美《さえぐさいずみ》。

四代前の生徒会長が七草真由美《さえぐさまゆみ》。

さらに言えば、裏部亜季《うらべあき》の前の風紀委員長は七草香澄《さえぐさかすみ》。この三人は実の姉妹だ。全員が「七《さえ》草《ぐさ》先輩」である為《ため》、この三人については名前で呼ぶ習慣になっていた。

なお同じ様に同姓の先輩でも、あの司波達也《しばたつや》と元生徒会長の司波深雪《しばみゆき》はどちらも「司波《しば》先輩」だ。こちらは態々《わざわざ》呼び名で区別する必要が無いということだろうか。

閑話休題《それはともかくとして》。

「今でもシールドサイズの制限が無ければ、アリサはすぐにトッププレイヤーだと思うよ」

明《めい》が呈した仮定の質問を、日和《ひより》はあっさり肯定した。

「……こういう言い方は好きじゃないけど、さすがは十文字家《じゅうもんじけ》の血筋ということかしら」

「血統の優位は十師族《じゅっしぞく》を頂点とする日本魔法界の大前提だから、否定しても仕方が無いよ」

「それもそうか」

日和《ひより》の言葉に、明《めい》が気を取り直したように頷《うなず》く。

「それだけの魔法力があるから先輩たちの練習相手も務まるのだものね」

「あれはアリサにとっても練習になっているんだよ」

明《めい》の発言を、日和《ひより》が一部修正する。

「コート全面をカバーするシールドを張っていても飛んでくるボールは見ているし、バウンドが単純にならないようシールドの種類はこまめに切り替えているから」

「判断力の強化にはなるということね」

明《めい》が納得を示したところで、コート面が暗くなり初音《はつね》と佳歩《かほ》が手を止めた。

アリサもシールドを解除して、三人が続々とコートから出てくる。

「五十里《いそり》さん。生徒会から何か？」

最初にコートを出た初音《はつね》が明《めい》に問い掛けた。

「クラウド・ボールの練習用コートが足りているかどうか、見てくるように言われて見学に来ました」

ちょうど、シングルスのコートで打ち合っていた二人も休憩に入ったタイミングだった。

ベンチに集まっていた六名——つまり部員全員が、一斉に明《めい》へ目を向けた。

「足りない！」

食い付くように声を上げたの日和《ひより》だ。

「私も足りないと思う」

アリサがやや控えめな声で続いた。そして賛同の声が三連続で上がる。

「五十里《いそり》さんは知っていると思うけど、さっき私たちが使っていたダブルスのコートは、月極《つきぎめ》じゃなくてスポットで借りているの。他の人たちが先に使っていて借りられないこともある。

足りているかと訊《き》かれたら、首を横に振るしかないわね」

最後に初音《はつね》がそう締《し》め括《くく》った。部員全員一致で「足りない」という回答だ。

「分かりました」

その勢いに圧倒されながらも、明《めい》の受け答えはしっかりしている。

「少し拝見させていただいただけですが、私も同感です。九校戦用の臨時コートをグラウンドに設置する方向で検討したいと思います」

「よろしくお願いします」

思い掛けない前向きな回答に、初音《はつね》の顔は綻《ほころ》んだ。

明《めい》はすぐに生徒会室へ戻ろうとしたが、初音《はつね》が「もう少し見学時間を取った方が説得力が出る」と言って引き止めた。

もっともな指摘だ。

そう考えて、明《めい》はコート脇のベンチに座っている。

「九校戦の選手は大体決まったの？」

ボックスコートの壁の外から通常の――九校戦対策ではないという意味で――練習を始めた二年生部員の打ち合いを見ている明《めい》に、隣から日和《ひより》が話し掛けた。

「いえ、まだよ」

急に話し掛けられたにも拘《かか》わらず、明《めい》は落ち着いていた。

「本格的な選手選定は期末試験の後に予定されているわ」

「候補者もまだ上がっていないの？」

アリサが日和《ひより》の向こう側から質問を追加した。

「いえ、候補者は結構絞られているわよ」

「例えばクラウド・ボールは？」

再び日和《ひより》が明《めい》に問い掛ける。

「新人戦男子はまだこれからだけど、本戦の女子シングルスは会長が第一候補よ」

「えっ、三矢《みつや》会長が？」

「会長はミラージ・バットに出るんじゃないの？」

驚く日和《ひより》に続いて、アリサも疑問を呈した。

男子はモノリス・コード、女子はミラージ・バットが九校戦の花形競技とされている。九校戦の仕組み上、花形競技にエースが投入されるとは限らないとはいえミラージ・バットは女子競技中で注目度ナンバーワンだ。

三年生の総合成績トップ、つまり現在の一高トップは生徒会長の三矢詩奈《みつやしいな》だ。実力の点でもクラウド・ボールに出場するよりは、ミラージ・バットに出る方が妥当と考える者が多いのではないかとアリサたちは考えたのだった。

「そういう声もあったけど、三矢家《みつやけ》の魔法特性を考えるとクラウド・ボールの方が向いているという意見の方が多いわ。会長自身も同じ考えよ」

「三矢家《みつやけ》の特性って?」「あっ、なるほど」

日和《ひより》が首を捻《ひね》り、アリサが納得の声を上げた。

「アリサはさすがに知ってるか」

明《めい》が漏らした感想に、日和《ひより》の目がアリサに向けられる。

「三矢家《みつやけ》に代表される魔法師開発第三研究所のメインテーマは魔法の同時多重発動《マルチキャスト》。複数の魔法を別々の対象に作用させる技術なの。それを会長も得意としているなら、最大で同時に九個のボールをターゲットにするクラウド・ボールの方がミラージ・バットよりも向いてるね」

その視線に応えて、アリサが自分の推測を述べた。

「そのとおりよ、アリサ。ついでに言うなら、スピード・シューティング、クラウド・ボール、ロアー・アンド・ガンナー、アイス・ピラーズ・ブレイク、ミラージ・バットの六種目全部で考えても、会長にはクラウド・ボールが一番向いているという結論になったわ。何よりも本人がそう考えている」

「じゃあ、女子シングルスは決まりだね」

「そうね」

日和《ひより》の気が早い断定を、明《めい》は否定しなかった。

「男子シングルスは、多分矢車《やぐるま》先輩になるんじゃないかしら」

「会計の矢車《やぐるま》先輩？」

アリサの疑問に、明《めい》は「そう」と言いながら頷《うなず》く。

「会計の矢車《やぐるま》先輩って、魔工科じゃなかった？」

今度は日和《ひより》が明《めい》に訊《たず》ねる。魔工科には魔法力が必要無いというわけではないが、重視されるのは工程の多い魔法や規模の大きな魔法を組むキャパシティであり、魔法の発動スピードには余り重きを置かれない。

「そうか。日和《ひより》は知らないんだね。矢車《やぐるま》先輩はハイブリッドなの」

「ハイブリッドって、魔法師とサイキックの能力を併せ持つ複合能力者？」

意外感と共にそう問い返したのはアリサだった。

「あれ、アリサも知らなかった？」

明《めい》が軽い驚きを見せる。

「矢車《やぐるま》先輩はそのハイブリッドだよ。……一年生の間には余り広まっていない情報なのかな？」

ハイブリッドというのは新しい概念だ。まだマイナーな概念でもある。

元々魔法師はサイキックの能力を研究する過程で発見されたという経緯がある。また現代魔法のシステムは、その大半がサイ能力——所謂《いわゆる》「超能力」——を研究した成果だ。魔法師とサイキックは兄弟とまではいかなくても近い親戚であり、サイキックは魔法師の一カテゴリーとも言える関係にある。

その意味では、全てのサイ能力は魔法の一種だ。それにも拘《かか》わらず敢《あ》えて「魔法師とサイキックの能力を併せ持つ」ハイブリッドというカテゴリーを作り出したのは、現代魔法のシステムとサイ能力が両立しないはずのものだからである。

現代魔法のシステムは、サイキックの持つスピードを犠牲にする代わりにサイキックが持たない多種多様な能力を魔法師に与えた。

サイキックは一人一種類、多くても三種類程度のサイ能力しか使えない。その代わり、サイキックは念じるだけで事象をねじ曲げる。

魔法師が魔法を発動する為《ため》には、何段階かのプロセスを踏まなければならない。この為《ため》の時間を短縮するツールとしてＣＡＤが開発されたが、ただ念じるだけで発動するサイ能力のスピードには敵《かな》わない。その代わり魔法師は、一人で多彩な魔法を行使する。

スピードを重視してサイキックになるか、一人多役を重視して魔法師になるか。能力開発の方向は、本来この二つに一つなのだ。

二十世紀後半の日本人男性に分《わ》かり易《やす》い例えを用いるなら、「エースで四番」の野球選手がプロ入り後、ピッチャーになるか野手になるかを選ぶようなものと言えるかもしれない。高度な技能を発揮する為《ため》には、普通なら専門化せざるを得ない。

だが野球界には稀《まれ》に高いステージでも、ピッチャーでありながらスラッガーとしても活躍を続ける選手が出現した。相対的に低いステージならばピッチャー兼スラッガーはそれほど珍しくなくなった。

二つの能力を併せ持つ者。

似た例が近年、魔法とサイ能力の分野でも無視できなくなった。魔法師でありながらサイ能力を持ち合わせている異能者。例えば遠隔視の能力を持つ魔法師。従来はそうした魔法師が持つ遠隔視は知覚系魔法の一種だと考えられていたが、能力発動のプロセスから見て魔法とは別種の異能、即《すなわ》ちサイ能力と考えるのが妥当と判定される例が増えてきた。

これは魔法を分析する技術の進歩によって生じた変化だ。観測ツールの進歩がもたらした新発見とも言えるかもしれない。向上した技術でサイ能力と判定された異能を持つ魔法師を新しく『ハイブリッド』と分類する研究者や魔法関係者は徐々に増えつつあった。

「矢車《やぐるま》先輩は念動力を持っているの。むしろそっちの方が得意みたいよ」

明《めい》の言葉に日和《ひより》が「へぇ～」と感嘆の声を漏らす。

「ボールの運動量に干渉する強さのサイコキネシス？」

「余り大きな物は動かせないらしいんだけど、小さな物を高速で動かすのは得意だって会長が言ってた。同時に五つまでなら全く別々の動きをさせられるんだって」

「それは……クラウド・ボール向きだね」

明《めい》の答えにアリサは納得して頷《うなず》いた。クラウド・ボールのプレイヤーが処理しなければならないボールは最大九個だが、既に述べたとおりサイ能力は発動が速い。打ち返されたボールに一つ一つ対応しても十分に間に合うだろう。

「矢車《やぐるま》先輩本人もそう思っているみたいよ。会長に良《い》いところを見せられそうなのが嬉《うれ》しいんじゃないかな」

そう言いながら、明《めい》は人の悪い笑みを浮かべた。

「えっ？　矢車《やぐるま》先輩と三矢《みつや》会長ってそういう関係なんだ？」

日和《ひより》は隠そうともせず興味津々《きょうみしんしん》だった。

「幼馴染《おさななじ》みらしいよ」

答える明《めい》も嬉《うれ》しそうだ。

キャッキャッと騒いでいた二人が部長の初音《はつね》から注意を受けた結果、明《めい》は決まり悪げに校舎へ帰っていった。

◇　◇　◇

六月十九日、金曜日の放課後。

マーシャル・マジック・アーツ部が使用している一高小体育館は、期待感と緊張感で満たされていた。そこにこの二種類の感情によって点火された闘争心が加わり、小体育館の空気は今にも弾《はじ》け飛びそうな有様《ありさま》だ。

今日はいよいよ、三高との対抗戦に向けた部内予選の日。たかが練習試合、所詮は非公式戦、などと醒《さ》めた目をしている部員は皆無だ。真剣に代表を狙っている部員だけでなく、自分の実力を客観的に評価して出場を諦めている者も勝利へ向けた一体感を共有していた。

「……八《エイト》、九《ナイン》、十《テン》。勝者、遠上《とおかみ》」

二年生を相手にした第一戦に勝利した茉莉花《まりか》は、ガッツポーズを見せ——たりはしなかった。試合後の一礼を交わして壁際《かべぎわ》の、一年生の列に座る。

対抗戦に出場する選手は男女各五人。その内、女子一人は部長の北畑《きたはた》千香《か》に決まっている。女子部の中では明らかに実力が突出しているのでシード扱いだ。予選はトーナメントなので、彼女に当たった結果、実力があっても一回戦で敗退してしまうという運の要素を排除する意味合いもあった。

なお男子部の部長は部内予選に参加している。

女子部の人数は全部で十七人。千香《ちか》が選手に決まっているので予選は十六人の勝ち抜き戦で行われる。2回勝てばベストフォーで千香《ちか》と合わせて五人。それで選手が決定される——という仕組みではなかった。

準決勝を行いその勝者は選手に決定。

準々決勝の敗者同士で戦い、勝利した二名が準決勝の敗者と戦う。その勝者二名が最後の選手二枠、敗者が補欠になるという仕組みだった。言うなればベスト八《エイト》に敗者復活戦を取り入れた形だ。

今回の予選は公式ルールで行われている。マーシャル・マジック・アーツの公式試合は時間無制限一本勝負。決着はノックアウト、テクニカルノックアウト、ギブアップ、レフェリーストップの四種類。いや、正確に言えばこれに反則負けを加えた五種類か。茉莉花《まりか》の予選一回戦はテンカウントノックアウト勝ちだった。

時間無制限といっても、マジック・アーツの試合は大抵五分以内に決着する。男子と女子の同時進行だが、トーナメントはサクサクと進んでいた。

部内予選が始まってから一時間と少し。茉莉花《まりか》は、準決勝を迎えた。

ここまでの二試合は、いずれもノックアウトで勝ち上がっている。この試合に勝てば対抗戦出場決定だ。茉莉花《まりか》は一段と気合いを入れてマットに上がった。

準決勝の相手は横山咲《よこやまえみ》という名前の三年生。

油断できない相手だ。

対戦成績は茉莉花《まりか》が大きく勝ち越しているが、苦杯を嘗《な》めることもある――そんな上級生だ。

向かい合い、一礼したところで、レフェリーが試合開始を告げた。

茉莉花《まりか》はいきなり突っ込んだりはせず、軽いフットワークを使って弧を描く。

心は闘志にたぎっていても、意識は冷静だ。一回戦も二回戦（＝準々決勝）も相手を見下したりはしていなかったが、より一層慎重になっていた。

対戦相手の咲《えみ》は身長百五十四センチと小柄ながら、女子部では千香《ちか》に次ぐ実力者グループの一人だ。この三ヶ月間で何度も組手をしているので、咲《えみ》の得意技は分かっている。体格に恵まれていないにも拘《かか》わらず、組み技主体のグラップラータイプ。

ただ彼女と戦う際に、本当に警戒しなければならないのは投げ技でも関節技でもない。ゼロ距離から繰り出される加重系魔法を使った打撃技だ。魔法を抜きにしてはあり得ない、助走も踏み込みも踏み締めもない打撃はダウンを狙ったものではなく、相手の体勢を崩す為《ため》の技だ。

体勢を崩され、両膝を突かされ、背後から絞め技を決められる。茉莉花《まりか》が咲《えみ》に負ける時は大体このパターンだった。

見た目どおりに腕力は無い。それなのに咲《えみ》の絞め技を喰《く》らうと一瞬に近い短時間で落とされてしまう。茉莉花《まりか》はこの展開を警戒していた。

咲《えみ》の勝ちパターンに陥らない為《ため》には、絞め技や関節技に先立つゼロ距離の打撃技、いや、衝撃魔法を何とかする必要がある。

密着状態で放たれる魔法を防ぐ為《ため》には、距離を取ることが最も確実。リーチは茉莉花《まりか》の方が長い。スピーディな打撃戦は茉莉花《まりか》の得意分野。自分のペースで戦えば勝ちは見えてくる。

ただ茉莉花《まりか》に分かっていることは、咲《えみ》にも分かっていた。茉莉花《まりか》とは逆に、咲《えみ》は接近戦にこそ活路があると考えている。そして彼女は、マスコットのような外見に反して勝利に貪欲だった。

慎重に間合いを計っている茉莉花《まりか》の懐《ふところ》へ、咲《えみ》がいきなり飛び込んでくる。その床を這《は》うようなタックルは彼女の小柄な体軀《たいく》と相俟《あいま》って、一瞬消えたと錯覚するほど鋭かった。

距離を取ることに意識を割いていた茉莉花《まりか》は、左右に避けるのではなく反射的に後ろへ跳んでしまう。

咲《えみ》が距離を詰める。低い体勢のまま、茉莉花《まりか》が下がった以上の距離を前進する。咲《えみ》の足は動いていない。魔法による移動だ。

茉莉花《まりか》の後退は不十分な体勢からのジャンプ。魔法を使った咲《えみ》の方が速い。

着地と同時に、茉莉花《まりか》は咲《えみ》に組み付かれる。

しかし次の瞬間、咲《えみ》の身体《からだ》が弾《はじ》き飛《と》ばされた。

茉莉花《まりか》が個体装甲魔法『リアクティブ・アーマー』を瞬間的に発動したのだ。

ＣＡＤを使わず瞬時に『リアクティブ・アーマー』を発動できる茉莉花《まりか》はサイキック寄りの魔法師だ。ただし『ハイブリッド』ではない。彼女が念じるだけで発動できる『リアクティブ・アーマー』は、サイ能力ではなく魔法。彼女の個体装甲魔法は魔法のシステムに則《のっと》って発動している。ただ、彼女の魔法演算領域には『リアクティブ・アーマー』へのショートカットと呼ぶべきものが生まれつき形成されていた。

魔法師開発第十研究所における『十神《とおがみ》』の開発目的を考えれば、それはあって然《しか》るべきものだ。『十神《とおがみ》』は陸戦における最強の機動歩兵、上陸部隊に対する決戦兵器を目指して作り出された魔法師で『リアクティブ・アーマー』はその為《ため》の武装だったのだ。

敵の上陸を許した厳しい局面における戦闘を想定したものだから、どんな劣悪な状況下でも所定の性能を発揮しなければならない。その「劣悪な状況」には電子機器による補助を受けられない戦場も想定されていた。

『十神《とおがみ》』が開発された時期のCADはまだ試作段階の域を超えぬ物だった。だが近い将来、魔法師の戦闘には必需品となることが予想されていた。しかし『十神《とおがみ》』はその「必需品」が使えないような、絶望的な状況をもひっくり返す切り札となるはずの魔法師だった。

皮肉なことだが数字落ち《エクストラ》になった遠上家《とおかみけ》から生まれた茉莉花《まりか》は、第十研が目指した『十神《とおがみ》』の完成形なのかもしれない。

茉莉花《まりか》の『リアクティブ・アーマー』はCADを使わなくても念じるだけで発動できるという点だけでなく、他にも父や兄の『リアクティブ・アーマー』を超える特徴を持っている。

例えば父と兄は、身体《からだ》に固体が密着した状態での発動に制限がある。だが茉莉花《まりか》は衣服など「自分に付随する物」と認識されている物以外の物体を弾《はじ》き飛《と》ばして、自分を包む個体装甲のスペースを確保してしまう。

今、茉莉花《まりか》を摑《つか》んでいた咲《えみ》の腕が身体《からだ》ごと弾《はじ》き飛《と》ばされたのはこの効果によるものだった。

咲《えみ》はうつ伏せに倒れている。

ダウンが宣告され、カウントが開始される。彼女は八《エイト》カウントで立ち上がった。

茉莉花《まりか》が蹴りを放つ。

咲《えみ》はそれを、バックステップで避ける。彼女は敢《あ》えて八《エイト》カウントまで立たずにダメージからの回復を図っていたのだった。

茉莉花《まりか》と咲《えみ》の勝負は、仕切り直しとなった。


試合時間六分で、茉莉花《まりか》は咲《えみ》に勝利を収めた。楽勝ではない。何度か咲《えみ》の衝撃魔法を喰《く》らい組み付かれたが、その都度茉莉花《まりか》はリアクティブ・アーマーで咲《えみ》を振《ふ》り解《ほど》いた。そして最後はノックアウトで咲《えみ》を下した。

マット上で応急処置を受けている咲《えみ》に一礼し、茉莉花《まりか》は壁際《かべぎわ》の控えスペースに戻る。

「リアクティブ・アーマーに頼りすぎだ」

その彼女へ、千香《ちか》が厳しい言葉を掛けた。

「はい。分かっています」

茉莉花《まりか》は反発を見せず素直に頷《うなず》く。彼女は、自分でもそう感じていた。

「分かっているなら、くどくど説教するつもりはないけどな。便利な魔法に頼りすぎてると強くなれないぞ」

本人も宣言したとおり、千香《ちか》はそれ以上言葉を重ねなかった。

分かっているという茉莉花《まりか》の言葉も嘘《うそ》ではなかった。

茉莉花《まりか》はリアクティブ・アーマーの魔法について、上京前に父親から仕組みや使い方、注意点などについて教えを受けていた。しかし彼女が意識してこの魔法を実際に使用したのは一高に入学してから、もっと言えばマジック・アーツ部で千香《ちか》と立ち合った時が初めてだ。

入部から約二ヶ月半。あの立ち合いの後も、試合形式の練習の中でリアクティブ・アーマーを使って経験を積んだ。茉莉花《まりか》は自分の実感で、この魔法の限界を摑《つか》んでいた。――少なくとも自分ではそう思っている。

例えば連続発動回数の制限だ。リアクティブ・アーマーは対固体・対液体・対気体・対電磁波・耐熱の五層の弱い装甲と、待機状態の強い装甲から成り立っている。弱い装甲が対応する刺激によって破られると、同時に同種の強力な装甲が展開されることであらゆる対物攻撃を防御する。

五層どれかの装甲が術者の上限回数破られると、リアクティブ・アーマーは自動的に終了する。茉莉花《まりか》の場合、上限は九回。

各層の装甲は破られる都度、強度を増していく。そしてどの程度強度が上乗せされるかは術者が意識的に決められず、自動的に決まる。この「自動的」という点がこの魔法の構造的な脆《ぜい》弱《じゃく》性になっている。

装甲が破られた直後、新しい装甲が展開されるまでの間、術者は敵の攻撃に対し無防備となる。このタイムラグは致命的な瞬間になりかねない。

装甲の消失は敵にとって大きなチャンスだ。一流の敵手なら、間髪入れずに追撃してくるだろう。考えてからでは対応が間に合わない。だからリアクティブ・アーマーの術式は、タイムラグが発生しないよう新しい装甲が自動的に生成される仕組みになっている。この魔法の設計上、新装甲の自動生成は合理的なシステムなのだ。

しかしこのようにして自動展開される新装甲は、破られた装甲を十分に上回る強度のものしか作られない。例えば五の攻撃力で破られた装甲の代わりは、十の強度で作られるだろう。

だが敵の保有する攻撃力が百だったとしたら。

十の強度の装甲は、十五の力を持った攻撃で破られる。この場合、新装甲は二十の強度で作られるかもしれない。

次に敵が二十五の攻撃を繰り出したら？　強度三十の装甲に対し三十五の攻撃、強度四十の装甲に対し四十五の攻撃という具合に威力を細かく調節して絶え間ない攻撃を繰り出されたなら、リアクティブ・アーマーは回数の上限を迎え強制終了してしまう。

これを避ける為《ため》には、リアクティブ・アーマーを自分から終了して新たに展開し直す。それが今のところ、最善の手だと茉莉花《まりか》は学んだ。いったん別の手段で敵の攻撃を防御もしくは回避して、リアクティブ・アーマーを一から発動する。そうすれば装甲更新の回数はリセットされる。

リアクティブ・アーマーは強力な防御手段だ。この魔法に頼ることそのものは悪くない。

それは千香《ちか》も千種《ちぐさ》も認めている。

修正すべきポイントは、リアクティブ・アーマーだけに頼ってしまうことだ。他のディフェンス技術を磨かなければ、上のレベルには通用しない。

一条茜《いちじょうあかね》には、多分通用しない。

それが部内予選を突破した茉莉花《まりか》の課題だった。


部内予選最後の試合が決着し、今日の部活は終了となった。まだ最終下校時間にはなっていない。だが予選に出場した部員は気力を使い果たしていた。

「茉莉花《まりか》」

他の一年生と一緒にシャワー室へ向かう茉莉花《まりか》の背中に、千香《ちか》から声が掛かった。

千香《ちか》は「はい」と返事をした茉莉花《まりか》の横に並んで、止まらなくても良いと身振りで示す。

「着替え終わったら部室に来い」

そのジェスチャーに従い歩調を合わせて歩いていた茉莉花《まりか》に、千香《ちか》はそう命じた。

「選手に選ばれた他の部員も一緒だ。ビデオで三高対策をするぞ」

何故《なぜ》？　という顔を向けた茉莉花《まりか》に、千香《ちか》は答えを付け加えた。

◇　◇　◇

選手が魔法師に限られるマーシャル・マジック・アーツは競技人口でいえばマイナースポーツだが、魔法師戦力充実の国策もあって全国大会を始めとする公式戦が活発に開催されている。そのビデオを入手するのもそれほど難しくない。

一高マジック・アーツ部は大型モニターを部室に二台用意して、男女別に三高選手が出場した試合のビデオを視聴していた。

「……強いね。何度見ても」

女子の代表に選出された他の部員と一緒に一条茜《いちじょうあかね》の試合ビデオを見ていた茉莉花《まりか》は、いきなり背後から掛けられた男子の声に、反射的に振り返った。

「千種《ちぐさ》。男子部の部長が何やってんだ」

咄嗟《とっさ》に声が出ない茉莉花《まりか》に代わってツッコミを入れたのは、大型モニターの隣に立っていた千香《ちか》だ。

「男子の方は終わったよ。去年と代わり映えがしない面子《めんつ》だったからね」

「そりゃ、ウチの男子も同じだろ」

一条茜《いちじょうあかね》という大型新人が加入した女子と違って、三高の一年男子にマジック・アーツでめぼしい実績を持つ者はいない。もっともそれは千香《ちか》が指摘したとおり一高も同じ。女子部の茉《ま》莉花《りか》に匹敵する新人が男子部にはいなかった。今回の代表にも男子部の一年生は入っていない。

「それでまあ、お節介を焼きに来たというわけだ」

「フン……。礼は言わないぞ」

少々面白くなさそうに千香《ちか》がそっぽを向いた。「余計なお世話だ」とはねつけないのは、千《ち》種《ぐさ》の申し出が正直に言ってありがたいからだった。戦績はともかく選手の能力を分析する目は、千香《ちか》よりも千種《ちぐさ》の方が上だった。

「それで千種《ちぐさ》、お前は一条《いちじょう》をどう評価する？」

「体術も中々のものだけど、やはり魔法を何とかしないと勝てないだろうね。北畑《きたはた》でも難しいんじゃないか」

千香《ちか》が千種《ちぐさ》に向けている目に意外感が浮かぶ。

「問題は魔法の方か？　試合を左右するような魔法を使っていた風には見えないが？」

千香《ちか》は茜《あかね》の強さを、体術と魔法のコンビネーションの上手さだと見ていたのだった。

「一条《いちじょう》選手はおそらく、『神経攪乱《しんけいこうらん》』を使っている」

おそらくと言いながら、千種《ちぐさ》の声には確信があった。

「しんけいこうらん？　聞いたことがない魔法だな。相手の神経にダメージを与える技か？」

千香《ちか》の質問に、千種《ちぐさ》は「そのとおり」と言いながら頷《うなず》いた。

「北畑《きたはた》が知らないのも無理はない。神経攪乱《しんけいこうらん》は一色家《いっしきけ》独自の魔法だ。俺も資料で知っているだけで実物を見たことは無いが、対戦相手の不自然な挙動の乱れから見て、あの魔法が使われたのは確実だと思う」

「一色家《いっしきけ》？　一条家《いちじょうけ》じゃないのか？」

「一条家《いちじょうけ》当主の奥さんは一色《いっしき》の分家出身だ。その血を継いだんだと思う」

「あの——……」

この時、千香《ちか》と千種《ちぐさ》の問答の間に、茉莉花《まりか》が躊躇《ためら》いながら割り込んだ。

二人が茉莉花《まりか》に目を向ける。千香《ちか》も千種《ちぐさ》も、目で茉莉花《まりか》に続きを促していた。

「一条家《いちじょうけ》のこととか一色家《いっしきけ》のこととか、千種《ちぐさ》部長は何故《なぜ》そんなに詳しいんですか？」

茉莉花《まりか》の質問に千香《ちか》が失笑を漏らす。

「それはな、茉莉花《まりか》。この男が魔法マニアだからだ」

「マニアなんですか？」

振り返り小首を傾《かし》げる茉莉花《まりか》に、今度は千種《ちぐさ》が苦笑する。

「自分ではそれ程でもないと思うんだけど」

千種《ちぐさ》の答えに千香《ちか》が大きく、茉莉花《まりか》以外の代表に選ばれた四人の上級生が遠慮がちに、首を横に振った。

「千種《ちぐさ》、それは無理があるだろう」

「そうかな？」

「一条家《いちじょうけ》の家族構成は詳しく調べれば分かるかもしれない。一条家《いちじょうけ》と、分家とはいえ一色家《いっしきけ》の婚姻だからな。当時はニュースにもなっただろう」

「実際、報道年鑑でも大きな扱いになっていた」

えっ、報道年鑑なんて読んでるの……？　と茉莉花《まりか》はますます驚いたが、話の腰を折るような真似《まね》は控えた。

他方、千香《ちか》を始めとする上級生には特に驚いた様子は無い。平常運転《いつものことか》という顔で話題を変える。

「だが一色家《いっしきけ》の秘匿術式を一体何処《どこ》から調べてくるんだ？」

「特別に秘匿されてはいなかったから調べられたんだが」

千種《ちぐさ》の表情は「それがどうした？」と言いたげなものだった。

「積極的に宣伝しているというものでもないだろう。それとも魔法大全《インデックス》に載っているのか？」

魔法大全《インデックス》は魔法協会が編纂《へんさん》している魔法の事典でありデータベースだ。公開されている魔法をほぼ網羅していると言われている。

「いや、魔法大全《インデックス》には載っていないけど。魔法大学所蔵の研究書に載っていた。魔法師開発研究所について聞き取り調査を纏《まと》めた文献だ。面白いぞ。北畑《きたはた》も読んでみろ」

「オレはいい。どうせとんでもなく分厚いんだろ」

「まあ、魔法大全《インデックス》よりはボリュームがあるな」

「御免被《ごめんこうむ》る。何《なん》かの苦行かよ」

千香《ちか》は思い切り顔を顰《しか》めた。

二人の会話を聞きながら茉莉花《まりか》は、「千種《ちぐさ》部長、何でC組なんだろう？」と心の中で首を傾《かし》げた。これだけ勉強熱心ならA組でもおかしくないと思ったのだ。

「あのー、たびたびすみません」

しかし茉莉花《まりか》が訊《たず》ねようとしているのは、別のことだった。

「どうした」「何かな」

千香《ちか》と千種《ちぐさ》が同時に反応する。ちなみに前者が千香《ちか》、後者が千種《ちぐさ》だ。

「千種《ちぐさ》部長」

茉莉花《まりか》が質問したい相手は千種《ちぐさ》だった。

「その『しんけいこうらん』ってどんな魔法なんですか？」

今、彼女が一番知りたいのは茜《あかね》の攻略法。千種《ちぐさ》の知識の源泉が気になったのも、結局はここにつながっている。

「相手の身体《からだ》に電磁波を流し込み運動系神経の働きを狂わせる魔法だよ」

「……それって人体干渉の禁忌に触れるのでは？」

千種《ちぐさ》の答えに茉莉花《まりか》が疑問を呈する。人体に直接干渉する魔法は日本魔法界の禁忌となっている。それが理由で数字落《エクストラ》ちになった例もある程だ。マジック・アーツのルールでも明示的に禁止されてはいないが、暗黙の了解で禁じ手になっている。

「茉莉花《まりか》。それは違うぞ」

茉莉花《まりか》の考え違いを指摘したのは千香《ちか》だった。

「千種《ちぐさ》が説明したとおりの魔法なら禁じ手にはならない。タブーとされている人体直接干渉というのは、相手を操り人形にする魔法のことだ。単に身体機能を狂わせるだけなら禁忌には当てはまらない。運動神経を麻痺《まひ》させるのがアウトだったら接触して振動波を打ち込む魔法もダメってことになる」

「……それもそうですね」

茉莉花《まりか》はすぐに理解した。

「ところで、その『神経攪乱《しんけいこうらん》』はどの程度の威力なんでしょうか？　その魔法で相手をダウンさせたシーンは無かったと思いますが」

茉莉花《まりか》の言葉を受けて千香《ちか》がリモコンを操作し、モニターに茜《あかね》の試合が再び映し出される。

「……一条《いちじょう》さんが試合で見せているのは一瞬動きを鈍らせる程度の威力だけど、それが本当に上限なのかどうかは分からない。さっき話した文献に依《よ》れば、一色家《いっしきけ》の『神経攪乱《しんけいこうらん》』は敵魔法師を生きたまま捕らえる為《ため》の術式だったそうだ」

ビデオを何度か見直して、千種《ちぐさ》がそう結論した。

「つまり、一撃で倒される可能性もあるということですね……」

茉莉花《まりか》が緊張の面持ちで呟《つぶや》く。

「それは他の魔法でも同じだ」

弱気を断ち切るように、千香《ちか》が声を張り上げた。

「一条《いちじょう》がその魔法で試合を決めないのは、何か理由があるはずだ」

「そうだな」

千香《ちか》の言葉に千種《ちぐさ》が頷《うなず》く。

「彼女だって全部の試合で手加減しながら戦っているわけじゃないだろうから……。加減が難しくて威力を上げると相手に後遺症を残してしまう可能性があるから、それを恐れている、とか？」

「決定的な威力を発揮するには精神を集中する時間が必要になる、という可能性もあるぞ」

千香《ちか》はそう言った後、「幾ら考えても推測は推測だけどな」と呟《つぶや》いた。

「とにかく、一条《いちじょう》と対戦する際は接触状態から電磁波を打ち込んでくる魔法を警戒しなければならないということだ」

千香《ちか》は自らの迷いを断つように、結論を言い切った。

◇◇◇

「ミーナ、随分難しい顔をしているけど部活で何かあったの？」

学校から駅への帰り道。アリサが、茉莉花《まりか》の顔をのぞき込みながら訊《たず》ねた。なお雨の中、二人とも傘を持っているにも拘《かか》わらず、彼女たちは相合い傘で歩いていた。

「あっ、ううん。何かあったってわけじゃないんだけど」

「でもすっごく難しい顔してたよ」

「んー……」

アリサを無意味に心配させる気がして、正直に答えるか何でもないと誤魔化すか、茉莉花《まりか》は迷った。

「三高との対抗戦、選手に選ばれた」

「今日だったの⁉　良かったじゃない！」

茉莉花《まりか》は今日が部内予選だとアリサに教えていなかった。

「うん、ありがと。それで、三高から出てくるだろう選手のビデオを見て対策を話し合っていたんだけど」

無事選手に選ばれたにしては浮かない顔で茉莉花《まりか》が続ける。

「三高の一条《いちじょう》さんが、やっぱり手強《てごわ》そうでさ」

「一条茜《いちじょうあかね》さん？　この前はそんなこと、言ってなかったよね？」

アリサは茜《あかね》のことを茉莉花《まりか》から聞いていた。前回、千香《ちか》が持ってきたビデオで彼女の試合を見た日も茉莉花《まりか》は対戦が楽しみとしか言っていなかった。その時の茉莉花《まりか》は闘志を燃やすだけで不安そうな素振りは見せていなかった。

「あんなに楽しみにしてたのに」

「今でも楽しみだよ！　是非、対戦したいなって思う」

対抗戦は五対五。勝ち抜き戦ではない。誰が対戦相手になるかは運次第だ。そもそも相手校の出場選手も、今の段階では予想でしかない。茜《あかね》が三高の選手に選ばれるのは、ほぼ確実だが。

「ただ戦《や》るからには勝ちたいから」

「一体何を悩んでいるの？」

その質問を受けて茉莉花《まりか》は、『神経攪乱《しんけいこうらん》』の対策で悩んでいるとアリサに打ち明けた。

「電磁波で運動神経を麻痺《まひ》させる魔法かぁ」

アリサと茉莉花《まりか》が同じ課題に考え込む。会話が途切れたまま、二人は駅に向かった。

「考えたんだけど……」

会話が復活したのは個型電車《キャビネット》の中。口火を切ったのはアリサだった。

「うん、何？」

「魔法の種類が分かっているなら、それに合わせたシールドを張っていれば良いと思うんだけど」

「いつ来るか分からない魔法に備えてずっとシールドを張っておくのは無理だよ。その分、攻撃に回せるリソースが減っちゃうし、第一スタミナが持たない」

すぐに反論を返したところを見ると、茉莉花《まりか》も同じことを考えはしたようだ。

「じゃあ、危ないと感じたらすぐに対応できるようにシールドを待機させておいたら？」

「えっ？　そんなの無理だよ。やり方が分からないし、あたしはシールド魔法が得意ってわけじゃないんだから」

個体装甲魔法を得意としている茉莉花《まりか》が「シールド魔法は得意じゃない」と言うのは、おかしな言い草にも感じられる。しかし茉莉花《まりか》にとっては大真面目で正直なセリフだ。

リアクティブ・アーマーはかなり複雑な術式だ。茉莉花《まりか》や彼女の父、兄以外の、元・十神《とおがみ》以外の魔法師が真似《まね》しようとしても術式が発動しないか、発動までに長い時間が掛かるだろう。

それを一瞬で発動させられるのは、魔法演算領域がリアクティブ・アーマーに最適化されているからだ。魔法演算領域が予約されているとも言い換えられる。もし、リアクティブ・アーマーと同じくらい難易度が高い魔法がもう一つ予約されていたら、茉莉花《まりか》は他の魔法を使えなくなっていたに違いない。

サイキックに近い特性を持つ彼女の場合は特に、意志決定というスイッチを入れれば発動する状態で予約されているから、一々発動手順を踏む必要が無い。決まった手順を自動的に処理するだけなので応用が利《き》かない。要するに茉莉花《まりか》にとってリアクティブ・アーマーの使い勝手が良すぎる所為《せい》で、彼女は他の防御魔法を磨く機会が無かったのである。

それに魔法を待機させるというのはかなり特殊なテクニックと言える。茉莉花《まりか》が使うリアクティブ・アーマーにもこの技術が組み込まれているが、術式の中にパッケージ化されておりそれだけを取り出して他の魔法に利用できるようにはなっていない。

「教えようか？」

だが十文字家《じゅうもんじけ》にとっては、魔法の待機保持はファランクスの基盤となる技術で各種のシールド魔法はファランクスを修得する上での基礎だ。十文字家《じゅうもんじけ》で改めてファランクスを学んだアリサは、そのどちらも茉莉花《まりか》にコーチできるだけのレベルに達していた。

「本当《ホント》？　是非お願い！」

一も二もなく茉莉花《まりか》はその申し出に飛びついた。

慣用句的な意味だけでなく、物理的にも個型電車《キャビネット》の中で座席間の仕切りを跳び越えてアリサに抱き付いた。

◇◇◇

アリサや茉莉花《まりか》の自宅のすぐ近くには隅田川《すみだがわ》に沿って伸びるランニングコースがあり、多くの市民ランナーが利用している。ただ今は季節柄雨天が多く、閑散とした日も多かった。

六月二十一日、日曜日。この日も未明まで雨が降っていた。朝六時現在も一面の曇り空で、一年の中で最も日が長い時期であるにも拘《かか》わらず辺りは薄暗い。それでも久し振りに雨が降っていない朝を逃すまいと少なくないランナーが濡《ぬ》れた路面を走っている。

アリサもそのランナーの一人だった。彼女は十文字家《じゅうもんじけ》に引き取られた直後——正確に言うとその約一ヶ月後から早朝ジョギングを日課にしていた。

「おはよう、アーシャ」

背後から掛けられた声に、アリサが走りながら振り返る。

「おはよう、ミーナ」

アリサが挨拶を返し終えた時には、茉莉花《まりか》は追い付いていた。

そのまま二人は並んで走る。

「ミーナ、先に行って良いよ。私と一緒だとトレーニングにならないでしょう?」

「ううん、大丈夫。いつもより重くしているから」

アリサにそう応えて、茉莉花《まりか》はリストウェイトを巻いた右手を肩の高さに上げて見せた。彼女は両手首だけでなく、両足首にもウェイトを巻いていた。

「大丈夫なの？　あんまり負荷を掛けすぎると逆効果だっていうよ？」

「平気平気《へーきへーき》」

アリサは真顔だが、茉莉花《まりか》はお気楽な笑みを浮かべている。

「足が太くなっても知らないから」

しかしこの言葉に、茉莉花《まりか》の笑顔は少し引き攣《つ》った。

「ミーナ、いつもはもっと早くなかった？」

クールダウンのストレッチをしながら、アリサは同じように整理体操をしている茉莉花《まりか》に問い掛けた。

「そうだけど、まだちょっと雨が残っていたから」

リラックスした体勢で息を整え終えた茉莉花《まりか》が答えを返す。

「えっ？　雨が上がったのって五時過ぎだよ？」

「うん。普段は五時頃から一時間くらい走ってるんだ」

「ふあー……」

アリサが気の抜けた嘆声《たんせい》を漏らした。

「ミーナ、早起きできるようになったんだね！」

「感心するとこ、そこ⁉」

茉莉花《まりか》が「不本意だ」と頰を膨らませる。

その可愛《かわい》らしさにアリサの唇が綻んだ。

「今日、私は部活だけどミーナは？」

笑顔のままアリサが茉莉花《まりか》に問い掛ける。

「あたしも部活だよ。小体育館は使えないけど演習室を押さえてあるって」

「じゃあ、その後だね」

「うーん……」

茉莉花《まりか》は悩ましげに唸《うな》るだけで中々答えを返そうとしない。

アリサが急に、真顔になった。

「ミーナ、克人《かつと》さんの了解は取ってあるんだよ」

「うん……」

「昔のことにミーナが囚《とら》われる必要なんて無いんだよ」

「……確かにアーシャの言うとおりだね。分かった。お邪魔させてもらうよ、旧第十研へ」

三高との対抗試合に向けて、茉莉花《まりか》はアリサから電磁波シールド魔法のコーチを受けることになっている。

その練習を茉莉花《まりか》の父や祖父にとっては因縁の場所、旧第十研で行うことになっていた。

◇◇◇

二十一日午前九時を少し過ぎた頃、第三高校マーシャル・マジック・アーツ部は金沢市《かなざわし》にある加賀《かが》大学附属高校を訪れていた。

魔法科高校の生徒でも、非魔法系のクラブであれば普通の高校と交流を持つことも珍しくなかった。だがそれ以外の生徒は中学校時代の友人に文化祭などへ招待されるということでもなければ、非魔法師ばかりが通う高校へ足を踏み入れる機会は無い。物珍しげにあちこちへ目を彷徨《さまよ》わせる部員が多かった。

茜《あかね》もその中の一人だった。いや、最も落ち着きが無い生徒の一人だった。好奇心を隠そうともしない茜《あかね》に、隣にいたレイラが「茜《あかね》、お行儀が悪いですよ」と注意した程だ。

「あはは……、何か気になるものでもありましたか？」

茜《あかね》にそう訊《たず》ねたのは加賀《かが》大附属の生徒ではなかった。Tシャツのエンブレムは大学のものだ。

「いえ、魔法を監視する施設や妨害する装置が無いのが新鮮で」

物怖《ものお》じせずに答えた茜《あかね》の発言に、その大学生は一瞬、顔を引《ひ》き攣《つ》らせる。しかし彼は、すぐに愛想《あいそ》の良《い》い笑顔に戻った。胆力があると評価すべきだろう。

「……どんな施設か想像もつきませんが、三高にはそんな生徒を見張るような物が目につくところにあるんですか？」

大学生の口調に非難のニュアンスは無い。だが言葉の意味だけを取れば、魔法科高校に対して批判的なコメントとも取れるものだった。

「生徒は気にしていませんよ。魔法は厳重に管理すべきものだと生徒も分かっていますからね」

大学生に答えたのは、マジック・アーツ部を引率する若い教師だった。彼はマジック・アーツ部の顧問であると同時に、茜《あかね》のクラスの担任でもあった。

「そうですか。しっかりしているんですね。うちの連中とは大違いだ」

「いえ、まだまだですよ」

然程《さほど》年齢差があるように見えない教師と大学生は、地雷になりかねない話題を大人の態度で穏便に終わらせた。

加賀《かが》大附属高校総合格闘部との合同練習は約二時間で予定どおりに終了した。練習試合だけでなく加賀《かが》大附属のコーチによる指導も行われ、三高生にとって得るものが多かった。

合同練習終了後は加賀《かが》大附属高校の学食で昼食を兼ねた懇親会が行われた。

どうやらこの高校の生徒には、魔法師に対するアレルギーが無いようだ。少なくとも総合格闘部の部員には、三高生に対する忌避感が意識的なものだけでなく無意識的なものも見られない。彼らの態度は、茜《あかね》たち三高生に好感を懐《いだ》かせた。

「二人とも一条《いちじょう》さんだけど、ご親戚？　あの一条《いちじょう》さんなんでしょう？　凄《すご》いのは魔法だけじゃないんだね。一年生とは思えない高度な技術だったよ」

茜《あかね》たちへ熱心に話し掛けているのは、出迎えの中にいた大学生だ。名前は門馬《かどば》俊一《しゅんいち》。この学校を一昨年卒業したOBで、後輩のコーチをしているとのこと。最初の二言、三言は丁寧語で喋《しゃべ》っていたが、今ではすっかり砕けた口調だ。

形の上では茜《あかね》とレイラの二人に話し掛けている格好だが、レイラへ向けられたセリフの比率が高い。もしかしてナンパなのだろうか。

「親戚ではありません。私は養女なんです」

茜《あかね》も門馬《かどば》の相手はレイラに任せている。面倒臭そうだったからだ。

彼女はナンパに引っ掛かるような軽率な少女では無いという信頼もあった。

「へぇ……。でも格闘技は子供の頃からだよね？　一朝一夕に身につく技術じゃなかった」

「はい。一条家《いちじょうけ》に迎え入れてもらう前から習っていました」

「そうなんだ。何を習っていたの？　総合じゃないよね。空手とも違う」

「私の方からもお訊《たず》ねして良いですか？」

レイラは門馬《かどば》の質問には答えず、逆にそう訊《き》き返した。

「良《い》いよ。何でも、とは言えないけど。僕も二十年生きてきて、女の子には言えないようなこともそれなりにあるから」

「正直なんですね。でも門馬《かどば》さんの女性関係には興味がありませんから、答えていただけると思います」

「おっと」

レイラのつれないセリフに、門馬《かどば》が「これは参った」という顔で苦笑いを浮かべる。

「門馬《かどば》さんの技は、巧みに隠していますけどウーシューが基盤になっているように見受けられました。それも日本で行われている武術太極拳ではなく、河南省《かなんしょう》の正統少林武術だと思います。何方《どなた》に教わったのですか?」

しかしこの問い掛けに、門馬《かどば》の顔は強張《こわば》った。

「……驚いたな。そこまで分かるんだ」

「私もそれなりに修行しましたから」

レイラは――劉麗蕾《リウ・リーレイ》は大亜細亜連合《だいあじあれんごう》、通称大亜連合の元国家公認戦略級魔法師。大亜連合は亡命の事実を認めていないから、あの国の公式記録では「元」ですらない。

だが彼女は戦略級魔法師ではあっても、国家を代表する魔法師とは評価されていなかった。

劉麗蕾《リウ・リーレイ》は二種類の魔法しか使えない。戦略級魔法『霹靂塔《へきれきとう》』と、電磁波遮断魔法。後者は『霹靂塔《へきれきとう》』の効果範囲内においてその影響を受けずに行動する為《ため》のものという性質が強いから、実質的には『霹靂塔《へきれきとう》』の一種類しか使えないとも言える。その代わり彼女は、この二種類の魔法の発動にCADを必要としない。

前任の劉雲徳《リウ・ユンドー》が戦死し急遽《きゅうきょ》国家公認戦略級魔法師に祭り上げられるまで、大亜連合は彼女を日本への潜入工作員として育成していた。一般市民に偽装して生活しながら、いざという時に『霹靂塔《へきれきとう》』で政治や軍事の中枢を麻痺《まひ》させる。戦略級魔法による破壊工作要員だ。

その目的に沿って、彼女は様々な技能を詰め込まれた。日本語の語学能力と日本の生活習慣。一般市民に成り済ます為《ため》の偽装技術。単独で重要拠点に近付く為《ため》の工作員スキル。それらの教育は国家公認戦略級魔法師となった時点で中断されたが、その中には大亜連合軍の軍隊格闘術も含まれていた。

大亜連合軍の格闘術は北派・南派の武術《ウーシュー》を寄せ集めて、その中から修得しやすい技術を抽出したもの。謂《い》わば東亜大陸武術のダイジェスト版だ。不完全ながらそれを叩《たた》き込まれたレイラにとって、大亜連合軍格闘術の元になっているウーシューの要素を見抜くのは、それほど難しいことではなかった。

「君が言うとおり、総合を始める前に少林寺拳法を習っていた。でも先生は日本人だったよ。……いや、日本人だったはずだ。とにかく、本場の少林拳を習っていたとは知らなかった」

「そうでしたか」

門馬《かどば》の答えを、レイラは特に疑っている様子は無かった。

対照的に、茜《あかね》は胡散臭《うさんくさ》そうな目を門馬《かどば》に向けていた。

三高マジック・アーツ部の今日の練習は加賀《かが》大附属高校を出た所で現地解散だった。一口に金沢《かなざわ》市と言っても広いが、個型電車《キャビネット》の路線網は首都圏程には発達していない。帰宅にはコミューター（ロボットタクシー）を利用する生徒が多かった。茜《あかね》とレイラも、コミューターで帰途についた。

「レイちゃん」

コミューターが走り出した直後、名前を呼ばれて振り向いたレイラは、茜《あかね》が浮かべている表情に驚いた。

「どうしたんですか、茜《あかね》。そんなに思い詰めた顔をして……」

心配そうにレイラが茜《あかね》に問い掛ける。

「あの男、あんまり相手にしない方が良《い》いよ」

茜《あかね》はまるでレイラの言葉が聞こえていないかのように、一気に捲《まく》し立《た》てた。

「あの男、とは？」

「あの門馬《かどば》って男」

茜《あかね》の剣幕に固まっていたレイラの表情がフッと和らいだ。

「分かっていますよ、茜《あかね》」

なおも真剣な目で自分を見詰める茜《あかね》にレイラが微笑《ほほえ》みかける。

「あの男は嘘《うそ》を吐いています。信用には値しませんし、近付きたいとも思いません」

「そ、それなら良《い》いけど」

レイラが余りにもきっぱりと断言したので、かえって茜《あかね》の方が毒気を抜かれていた。

「あの人の技は明らかに、大亜連合の軍内部で工作員向けに改造された少林武術でした。日本人の武道家が教えられるものではありません」

レイラは座席に深く座り直しヘッドレストに頭を預けて、独り言のように付け加えた。

◇　◇　◇

茉莉花《まりか》はありふれたデザインの門柱に取り付けられたインターホンの前で、大きく深呼吸をした。

茉莉花《まりか》がこの家に来るのは初めてではない。アリサの部屋に、何度も遊びに来ている。インターホンのボタンを押すのに緊張を覚えたことは無かった。

しかし今日は、中々ボタンを押せずにいた。

十文字家《じゅうもんじけ》の家屋は豪華な洋風邸宅でもなければ重厚な武家屋敷《やしき》でもない。少し大きめな現代建築だ。門の前に立っても圧倒される感じは無い。

茉莉花《まりか》が躊躇《ためら》っている理由も威圧されたからではなかった。一言で表現すれば、気が進まないのだ。苦手意識に近いかもしれない。アリサとの約束が無ければ茉莉花《まりか》は逃げるようにこの場を立ち去っただろう。

彼女をここに留《とど》めているのはアリサとの約束だ。単に嫌だというだけで親友との約束を反故《ほご》にはできなかった。茉莉花《まりか》はもう一度大きく息を吸い、吐き出す勢いで逃避衝動をねじ伏せてインターホンのボタンを押した。

旧第十研の施設は十文字家《じゅうもんじけ》の隣にある。いや、旧第十研の敷地《しきち》の隣に十文字家《じゅうもんじけ》の家屋が建てられたと言うべきか。

研究機関としての旧第十研は既に閉鎖されているが、その施設は取り壊されなかった。秘密にすることを要する研究資料も施設内に残されている。政府は施設を破棄して資料を移すのではなく、何時《いつ》でも研究所を再開させられる形での保存を選んだ。

閉鎖された魔法師開発研究所の中で第十研のみ保存と決まったのは、国防の切り札となる魔法師を開発したその成果を、政府が高く評価した証《あかし》だった。——なお表向き閉鎖されたことになっているだけで、実質的には存続している研究所もある。

十文字家《じゅうもんじけ》の家屋がここに用意されたのは、旧第十研の諸施設を管理させる為《ため》だ。ただ、十文字家《じゅうもんじけ》に求められている役割は施設のメンテナンスではない。研究成果漏洩《ろうえい》の防止、もっと言うなら第十研の成果を狙うスパイの排除。要するに、重要資料の番人として家を与えられたのだった。

旧第十研の施設の内、研究に関する物は稼働《かどう》を止め凍結されているが、訓練施設は今も利用されている。それらを十文字家《じゅうもんじけ》が自由に利用できるのは、番人の役割を果たす報酬だ。今も十文字家《じゅうもんじけ》とその配下の魔法師が魔法の訓練に励んでいた。

「失礼します」

アリサはそこへ茉莉花《まりか》を連れていった。

「……失礼します」

「やあ、来たね」

アリサに続いて小声で挨拶をした茉莉花《まりか》に、入り口に最も近いところで訓練をしていた勇人《ゆうと》が手を上げて応える。

「十文字《じゅうもんじ》先輩。お邪魔します」

体育会系の茉莉花《まりか》は、内心どう思っていようと目上に声を掛けられたら基本的にそれを無視できない。勇人《ゆうと》に対し、改めてきっちり頭を下げた。

その言葉に出なかった茉莉花《まりか》の内心――苦手意識のようなもの――を読み取ったのだろう。

「自分の家と同じように、とはいかないだろうけど……。学校と同じように自由に使ってくれ。アリサと一緒なら何時《いつ》でも歓迎するよ」

勇人《ゆうと》は軽く笑いながら茉莉花《まりか》にそう告げた。

「はい。ありがとうございます」

重ねて言うが内心でどう思っていようと、茉莉花《まりか》は勇人《ゆうと》に対して礼儀正しく謝意を示した。

アリサの教えを受けて二時間。茉莉花《まりか》は早くも魔法シールド待機のコツを摑《つか》んでいた。

元々十文字家《じゆうもんじけ》のファランクスと元・十神《とおがみ》のリアクティブ・アーマーは共通する術理が多い。

また自動化されているとは言え、リアクティブ・アーマーにもシールド待機のプロセスが含まれている。アリサが茉莉花《まりか》に教えているのは、それを意識的に行うことだとも言える。そう考えれば茉莉花《まりか》がこの技術をスムーズに修得しようとしているのは、驚くべきことではないかもしれない。

しかしさすがに二時間も続けていると、茉莉花《まりか》の疲労が目に見えてきた。

「今日はこれくらいにする？」

「もうちょっと続けたい」

しかし茉莉花《まりか》は、アリサの提案に頭《かぶり》を振った。

「あと少しで、できる気がするの」

茉莉花《まりか》の主張にアリサは眉間に皺《しわ》を寄せこそしていないが、眉を「八」の字にする困り顔になった。

「新しい魔法を学ぶ時は、あんまり無理しない方が良《い》いんだけど……」

魔法演算領域に負荷を掛けすぎないというのは、アリサが十文字家《じゅうもんじけ》で最も重点的に教えられてきた心構えだ。負荷の掛けすぎが良くないというのは魔法だけでなく肉体的なトレーニングにも通じる。鍛えようとして故障したら元も子もない。場合によっては命を落とすことにもなりかねない。

「あと少し」

しかし熱を宿した眼差《まなざ》しを向けられて、アリサはそれ以上制止の言葉を口にできなくなった。ここで止めても自分が見ていない所で、一人で続けてしまいそうだ。そっちの方が余程危ない。――アリサはそう考えて躊躇《ためら》ったのだ。

「ちょっとだけだよ」

「うん、分かってる」

トレーニングの内容は暴徒鎮圧用の非殺傷指向性電磁波を腕や足に照射するというシンプルなもの。不定期に照射される、つまり何時《いつ》来るか分からない電磁波を、待機させておいた魔法シールドを顕在化させて遮断する。

言葉にするとシンプルだが、生易しくはない。

この電磁波は今世紀初頭にＡｄｓ（アクティブ・ディナイアル・システム）という名称で開発されたもので、皮膚の表層より奥には浸透せず火傷《やけど》を負うこともない。だが照射箇所に熱を感じさせ、被曝《ひばく》した者は「火傷《やけど》をしたような錯覚」を覚えるという物だ。

この熱を感じる前に電磁波シールドを顕在化させるのが訓練のゴールだ。電磁波が照射されたという事象を知覚し、それに対応する。魔法は事象改変の技術であり、魔法発動の際に魔法師は改変する事象を認識している。とはいえ魔法は「改変する」という能動的な作用がメインであり、知覚能力はそれほど重視されていない。

言い換えれば魔法師教育において余り意識されていなかった能力。元々備わっているものだから、意識して鍛えれば伸び代があると言える。

しかしこれまで等閑《なおざり》にされていた能力だ。この短時間でもう一歩のところまでたどり着いているのは茉莉花《まりか》の血に秘められた才能もあるだろうが、それ以上に彼女の熱意の賜物《たまもの》だろう。

アリサがＡｄｓのモニターの前に戻った。ここには電磁波の照射時間と、赤外線サーモグラフィーで計測された電磁波が照射された場所の温度変化が表示される。皮膚の温度が変わらなければ、シールドの顕在化に成功したということになる。

モニターを見詰めるアリサは表情には不安が表れている。魔法の成否よりも茉莉花《まりか》の体調が気になっているのだろう。いや、気になるのは肉体ではなく精神の状態だから「心調」とでも言うべきか。

「今の、どうだった？」

しかし当の本人には不安など全く見られない。心配されていることにも気付いていないかもしれない。茉莉花《まりか》は電磁波シールドを待機させ、電磁波を感知して顕在化させる技術の修得に集中していた。

「うん、ほとんど同時だったよ」

気を取り直してアリサが笑顔で返す。しかし茉莉花《まりか》は、その答えに納得しなかった。

「同時ってどの位？」

茉莉花《まりか》は具体的な数字を求めた。

「……〇・三秒」

「うぁー、まだまだかぁ……」

茉莉花《まりか》が目標としているのは〇・二秒。

アリサがその根拠を訊《たず》ねると、その程度の時間なら電磁波を打ち込まれても運動中枢が影響を受けるのは避けられるだろう、というのがマジック・アーツ部の先輩たちの結論だったらしい。ただ、根拠は茉莉花《まりか》にも分からないと言う。

おそらく人間の全身反応時間――刺激を与えられてから脳が判断を下し身体《からだ》が動き始めるまでの時間――の測定値が三百ミリ秒前後であることから導き出した数字だろう。それが妥当なのかどうかアリサは疑問だったが、彼女も確たる根拠は持たないので議論は無意味だ。

茉莉花《まりか》がそれを目標に定めている以上、アリサとしては付き合うしかない。茉莉花《まりか》の安全の為《ため》、一刻も早く〇・二秒以内を達成できるよう念じながら、アリサはモニターを注視した。

不意に声が掛けられ、二人はトレーニングを中断して振り向く。

「ちょっと良《い》い？」

声の主は勇人《ゆうと》だった。

「遠上《とおかみ》さん、アドバイスを聞く気はある？」

茉莉花《まりか》は勇人《ゆうと》に心を許していない。勇人《ゆうと》の側から見れば、嫌われていると思われても仕方がないような態度を続けている。

実際に勇人《ゆうと》は茉莉花《まりか》に疎《うと》まれていると思っていた。彼がいきなりアドバイスせずに「聞く気がある？」などと訊《たず》ねたのは、茉莉花《まりか》に気を遣ったからだった。

ただ人によっては「嫌みな訊《き》き方だ」と受け取る者もいるかもしれない。そういう言い回しだったが、残念ながら勇人《ゆうと》はそこまで気付いていない。

「お願いします」

幸い茉莉花《まりか》は、そういう捻《ひね》くれた捉え方はしなかった。彼女が勇人《ゆうと》を疎《うと》ましく思っているのは邪推ではなく事実だったが、それは勇人《ゆうと》本人がどうこうではなく自分とアリサを引き離した十文字家《じゅうもんじけ》の人間だからだ。

実を言えば茉莉花《まりか》が十文字家《じゅうもんじけ》に懐《いだ》いている悪感情は『十神《とおがみ》』が『遠上《とおかみ》』になった数字落ち《エクストラ》の過去とは余り関係が無い。皆無とは言えないが、それは父や兄の心情を慮《おもんばか》った結果として覚える感情で、純粋に彼女自身のものとは言い難《がた》かった。

茉莉花《まりか》は自分の——数字落ち《エクストラ》の立場に不利や不自由を感じていない。

そもそも茉莉花《まりか》は魔法師になりたくて一高に進学したのではなかった。彼女はただ、アリサと一緒に高校生活を送りたかっただけだ。

そんな彼女だから、仕方が無いこととはいえ——ここは茉莉花《まりか》も理解している——かつてアリサと引き離された恨《うら》みが、ずっと心の中に蟠《わだかま》っているのだった。

同時に茉莉花《まりか》にとって、何年か先に魔法師になれるかどうかということと来月強敵に勝てるかどうか、勝つ為《ため》の魔法をものにできるかどうかは全く別次元の問題だった。

魔法師になることと魔法を会得《えとく》することは、彼女の中では別物だ。

「魔法師としての成功なんかどうでも良《い》い」という思いと「必要な魔法を会得《えとく》したい」という思いは、茉莉花《まりか》の中で矛盾なく両立するものだった。

「——ええと」

少しも迷わず即答されるとは、勇人《ゆうと》は考えていなかったのだろう。アドバイスを言い出した彼の方が戸惑っていた。

「遠上《とおかみ》さんは待機させた魔法シールドを意識的に出そうとしているんだと思うけど、余り意識しない方が良いよ」

「……どういうことでしょう？」

茉莉花《まりか》が困惑した表情で勇人《ゆうと》に問い掛ける。

意識して顕在化しようとしているのに、意識しない方が良《い》い、と言われたのだ。

茉莉花《まりか》でなくても混乱するに違いない。

「アリサが教えたシールド魔法の待機は、魔法の発動にブレーキを掛けている状態だ。ブレーキペダルから足を離せば、それ以上何もしなくても発動する。車の運転と違って、必要なスピードまで加速するのにアクセルを踏んでやる必要すら無い」

茉莉花《まりか》が振り向いて勇人《ゆうと》に向けていた目をアリサに向けた。

「そうなの？」と視線で訊《たず》ねる茉莉花《まりか》に、アリサが小さく頷《うなず》く。

再び茉莉花《まりか》が自分の方へ向き直るのを待って、勇人《ゆうと》は説明を再開した。

「だから遠上《とおかみ》さんは『電磁波を浴びたらシールドを表に出す』と決めておきさえすれば良い。そうすれば勝手にブレーキが外れて待機させてあるシールド魔法がアクティブになるはずだ」

「……つまり電磁波の照射を受けたと認識するだけで良《い》いということですか？　魔法を有効にするという意識は必要無い？」

「その点は条件発動型魔法と似ているね。外的な事象の変化ではなく、認識の変化がトリガーになっているという点が違うだけだ」

「分かりました。やってみます。アドバイス、ありがとうございました」

茉莉花《まりか》が御礼《おれい》を言って頭を下げる。

彼女の素直な態度は、意外感と同時に好感を勇人《ゆうと》にもたらした。

いったん止《や》んでいた雨が夕方になって再び降り出した。もうすぐ夏至で、まだ五時過ぎにも拘《かか》わらず、辺りはすっかり暗くなっている。

十文字家《じゅうもんじけ》の玄関先では、アリサが茉莉花《まりか》の見送りに出ていた。

「アーシャ、今日はありがとう」

傘を差した茉莉花《まりか》がアリサに感謝を告げる。

「ミーナが頑張ったからだよ」

アリサは茉莉花《まりか》の謝辞を笑顔で受け取った。

「ううん、あたし一人じゃどう対策したら良《い》いか分からなかった。アーシャの御蔭《おかげ》だよ。これで一条《いちじょう》さんと当たっても良い勝負ができる気がする」

「決め手は勇人《ゆうと》さんのアドバイスだったけどね」

アリサの照れ隠しに茉莉花《まりか》が一瞬、面白くなさそうな表情を浮かべる。

「……そうだね。十文字《じゅうもんじ》先輩にも感謝していますって伝えておいて」

しかしすぐに真顔になってアリサに伝言を依頼する。

「ミーナ、『先輩』じゃないけど私も『十文字《じゅうもんじ》』なんだよ」

茉莉花《まりか》の改まった態度がおかしかったのか、アリサはからかうような言葉を返した。

「……じゃあ、副会長に！」

あくまでも名前を呼ぼうとしない茉莉花《まりか》の意固地な態度に、アリサは失笑してしまう。意地を張っているという自覚があったのだろう。茉莉花《まりか》は赤い顔で「それじゃ、明日！」と乱暴に告げてアリサに背中を向けた。

［幕間《まくあい》］密談

　昼間はずっと曇りだった北陸地方でも日没時間を過ぎて雨が降り出した。雨は徐々に激しさを増し、夜更《よふ》けには土砂降りになっていた。

　こんな夜に飲み歩く物好きはいない。皆無ではないかもしれないが、ほとんどいないと言って良い。金沢《かなざわ》市の繁華街、その外れで営業しているバーでも、客の入りは疎《まば》らだった。

　いや、「疎《まば》ら」という表現は大袈裟《おおげさ》かもしれない。午後九時を回ったところで、客はカウンターの一人きりとなった。

　カウンターに座る最後の客はまだ若い。せいぜい二十歳前後にしか見えない。それもそのはずで彼は昼間、三高のマジック・アーツ部と対戦した加賀《かが》大附属高校総合格闘部のコーチをしていた大学生だった。

　その際、彼は門馬《かどば》俊一《しゆんいち》と名乗っていた。学籍がある加賀《かが》大学にもその名前で届け出がされている。

「浮かない顔だな、同志マー」

　しかしカウンターの向こう側に立つバーテンは、彼のことをマー（馬）と呼んだ。

「何かしくじったのか？」

「いや、同志フー。そんなことはない」

そして門馬《かどば》俊一《しゅんいち》と名乗りマーと呼ばれた青年は、バーテンをフー（胡）と呼んだ。

「警戒しなくても良い。既に看板は下ろしてあるし、この店の中には盗聴器もカメラも無い」

念の為《ため》に解説しておくと、この「看板を下ろす」は閉店の表示をする意味で使われている。

「上にも聞かれないようにか？　とんだ不良軍人だ」

「今の私は軍人では無いよ。単なる連絡員だ。それに不良品扱いは心外だな。仕事は忠実にこなしている」

「それを言うなら僕は同志とも言えない。親父《おやじ》の仕事を受け継いだだけで、本国の方々にはお目に掛かったことも無いのだから」

「この任務が成功すれば、直《じか》にお褒めをいただけるだろう」

バーテンの声は、自分でも信じていないように感じられる冷めたものだった。

「僕はもらう物をもらえれば、名誉なんていらないけどね」

青年はバーテンから目を逸《そ》らし、独り言のように嘯《うそぶ》いた。

「それで、劉麗蕾《リウ・リーレイ》に接触した感触はどうだった」

バーテンが口調を改めて青年に訊《たず》ねる。

「年下とは思えない、鋭い少女だった。あれは『使徒』だからではなく工作員としての教育の賜物《たまもの》だろう」

『使徒』というのは国家公認戦略級魔法師の通称だ。劉麗蕾《リウ・リーレイ》は日本へ亡命する前、大亜連合の国家公認戦略級魔法師として祭り上げられていた。

「何故《なぜ》そう思った？」

「ほとんど見せていないのに、僕の技を嵩山少林寺《すうざんしょうりんじ》の系譜に連なるものだと見抜いた。日本人に習ったという僕の嘘《うそ》も見抜かれている感じだった」

「その程度なら任務に影響はあるまい。同志が日本で生まれ日本で育った日本人であるのは、嘘《うそ》偽りの無い事実だからな」

「それに、劉麗蕾《リウ・リーレイ》の深層心理には破壊工作員としてのマインドコントロールが仕掛けられている、か？　それは本当に今でも有効なのか？」

「マインドコントロールというより強力な後催眠暗示《こうさいみんあんじ》だからな。実際に発動するまでは本人も気付かない。本人が意識できなければ、解きようも無い……はずだ」

「随分頼りない」

「仕方が無かろう。私が仕掛けたものではないし、私は専門家でもない」

青年が軽く頭を振ったのは「考えても仕方がない」と自分を納得させる為《ため》の仕草だった。

「それで僕は、彼女にアプローチを続けるのか？」

「本国からは、そう指示されている」

「僕は疑われているぞ？」

「その方が都合が良《い》い、そうだ」

「……どういう意味だ？」

思わせぶりなバーテンのセリフに、青年が訝《いぶか》しげな目を彼に向ける。

「本国の関与を疑うことでそれを切っ掛けとして後催眠の封印が緩み、劉麗蕾《リウ・リーレイ》に与えられた本来の任務が彼女の深層心理にますます強く根付いていく、らしい」

「……本来の任務といっても、それは使徒に任命される前のものだろう？」

「任務中止の手続きは行っていないそうだ。劉麗蕾《リウ・リーレイ》の深層心理に刷り込まれた破壊工作指令は、今も実行の合図を待っている」

「そうか……。分かった」

そう言って青年は、さっきから口を付けていなかったショットグラスの中身を一気に飲み干した。

「ご馳走様《ちそうさま》」

青年は立ち上がり、そのまま外へ続く扉に向かう。

「ツケにしておくぞ」

「出世払いで頼む」

バーテンの声に、青年は背中を向けたまま片手を上げた。

［5］高校生最大の試練（1）

二〇九九年六月二十二日、月曜日の朝。

「えっ？　今日から部活禁止？」

始業前の一年A組の教室に、調子外れな声が放たれた。

「今更何を言っているの？」

声を上げたのは茉莉花《まりか》、彼女に冷たくツッコんだのは明《めい》だ。

「ミーナ……。もう二週間前から発表になっているよ。学期末試験の一週間前から試験終了まで部活は禁止だって」

アリサも茉莉花《まりか》をかばわなかった。アリサの心情としては「かばいようが無かった」というところか。

「部の先輩からお話は無かったの？」

自分が気付かなくても、部長とか仲が良《い》い先輩とかが教えてくれそうなものだ、とアリサは思った。現に彼女はクラウド・ボール部の部長・服部初音《はっとりはつね》から昨日、「しばらく練習はお休みだから試験勉強に専念するように」と笑いながらの注意を受けていた。

「聞いてない！」

「先輩たちは知らないはずがないと思っているんでしょうね」

「明《めい》……」

呆《あき》れ声で突き放す明《めい》を、アリサが躊躇《ためら》いがちにたしなめる。

ただ明《めい》の指摘はもっともだとアリサも思ったので、強くは言えなかった。

「せっかくノってきたところだったのに！」

茉莉花《まりか》の憤慨も、アリサには理解できる。一条茜《いちじょうあかね》対策の魔法をひとまず形にしたのが昨日。茉莉花《まりか》としては実戦形式の練習で試合の日までにあの魔法の完成度をもっと上げて、納得のいく形で試合を迎えたかったに違いない。

……実のところ、三高との対抗戦は対戦相手がまだ決まっておらず、茉莉花《まりか》が実際に茜《あかね》と当たるかどうか現段階では未定。だが茉莉花《まりか》は、自分が茜《あかね》と対戦すると思い込んでいた。

「仕方が無いでしょ。学期末試験は進級に関わる試験で月例テストとはわけが違うんだから」

「ミーナ、試験対策は大丈夫なの？　期末試験は実技だけじゃないよ」

進級云々《うんぬん》は余り心に響かなかったようだが、実技だけではないというアリサの指摘に茉莉花《まりか》は顔色を変える。

「どうしよう……。やってない」

途方に暮れた声で呟《つぶや》く茉莉花《まりか》。

「遠上《とおかみ》はいるか」

そんな茉莉花《まりか》に、更なる追い打ちが掛かる。

「はい、来ています」

教室の入り口で声を掛けた紀藤友彦《きとうともひこ》教諭に、茉莉花《まりか》は立ち上がって応えた。

茉莉花《まりか》が急ぎ足で紀藤《きとう》の前へ移動する。

紀藤《きとう》は隣の、B組の実技担当教師だ。一体何の用件だろうと少し心配になったアリサが茉莉《まり》花《か》の背中に続いた。

「何でしょうか」

用件を訊《たず》ねる茉莉花《まりか》。

「先週土曜日期限の数学のレポートがまだ出ていないようだが」

紀藤《きとう》は茉莉花《まりか》の背後に立つアリサを気にせず、端的に「レポート未提出」の事実を告げた。

一高を含めた魔法大学付属高校の、単位取得に関わる定期試験は魔法理論の筆記テストと魔法の実技テストにより行われている。一年生の筆記テストは必修である基礎魔法学と魔法工学、選択科目の魔法幾何学・魔法言語学・魔法薬学・魔法構造学の内から二科目、魔法史学・魔法系統学の内から一科目の、合計五科目。

一方、語学や数学、自然科学、社会学等《など》の一般教科は、普段の提出課題によって評価される。魔法師を育成する為《ため》の高等教育機関なのだから、魔法以外で生徒を競わせるのは余計なことだ、と考えられている。

紀藤《きとう》が言っているのは、この提出課題のことだ。

一般科目の授業はオンライン講義で行われ、担当教師は生徒数に対して少ない。紀藤《きとう》は魔法幾何学の教師だが人数不足を埋める為《ため》、一年のA組からD組までの数学の提出物は彼が管理していた。

茉莉花《まりか》の顔が青ざめる。

彼女がレポートを忘れていたと、その顔色が雄弁に物語っていた。

「今日の放課後までなら待ってやるが……無理そうだな」

「……はい」

「放課後、生徒指導室に来るように」

「わかりました……」

茉莉花《まりか》の顔からは、ますます血の気が引いていた。

フラフラと自分の席に戻った茉莉花《まりか》は、崩れ落ちるように座った。彼女の横に寄り添っていたアリサだけでなく明《めい》も心配そうな顔で寄ってくる。

「紀藤《きとう》先生、何ですって?」

「放課後、生徒指導室に来なさいって……」

明《めい》の質問に答えたのはアリサだった。

「生徒指導室って何をやらかしたの⁉」

ボリュームが上がった明《めい》の声に、教室内の視線が集まった。

「……数学のレポート」

ぽつりと茉莉花《まりか》が答える。

「レポートって、先週末提出のヤツ？」

「うん、それ。……忘れちゃって」

「提出を忘れてたってこと？」

明《めい》の問い掛けに、茉莉花《まりか》が首を横に振る。

「レポートの存在自体を忘れてた……」

「まずいじゃない！」

明《めい》の声がひっくり返った。

「あはは、まずいよね」

茉莉花《まりか》が空疎な笑いを漏らす。彼女の顔は諦念に占領されていた。

「紀藤《きとう》先生は、放課後までなら待ってくれるって言ったんだけど……」

アリサが困惑顔で呟《つぶや》いた。

「間に合わないって正直に答えちゃったわけね」

明《めい》がため息を漏らす。

「だって無理だよ。放課後までなんて」

「単位はどうするの」

明《めい》の声は詰問《きつもん》調だが表情を見れば非難の意図は無く、ただ友人の心配をしていると分かる。

「レポートを一回落としたくらいで留年にはならないでしょ。二学期に挽回《ばんかい》するよ」

自分に言い聞かせるような口調で茉莉花《まりか》は強がった。

「……今日の放課後までだったら受け付けてもらえるのよね？　茉莉花《まりか》、私のを写す？」

明《めい》の申し出に大きく目を見張り、すぐに瞼《まぶた》を伏せて茉莉花《まりか》は首を振った。

縦に、ではなく横に。

「駄目だよ、そんなズル」

「ズルって、そのくらい皆《みんな》やっているわよ。数学なんだから誰が書いても正答は同じだし、文章を少し変えれば分からないって」

「……ううん、やっぱりズルはダメ」

明《めい》の申し出を茉莉花《まりか》はきっぱりと謝絶する。要領が悪いと言うべきか愚直と言うべきか、ある意味、彼女らしかった。

「今日は部活も無いんだし、放課後、潔《いさぎよ》く怒られてくる」

部活どころではないだろうとアリサも明《めい》も思ったが、口にはしなかった。

「ミーナ、勉強会をしよう！」

その代わりアリサは、いきなり話題を変えた。

「期末試験の勉強会。部活、無いんだし、一緒にやろう？」

「茉莉花《まりか》、筆記試験の対策をしていないんでしょう？　私も手伝うわ」

「二人とも、ありがとう……」

今度は茉莉花《まりか》も断らなかった。彼女は目を潤ませて頷《うなず》いた。

◇　◇　◇

ノックをすると「入りなさい」という応えがあった。茉莉花《まりか》は「失礼します」と言いながら生徒指導室の扉を開けた。

中にいたのは紀藤《きとう》一人。生徒指導室の性質を考えれば、これは当然かもしれない。

「座りなさい」

茉莉花《まりか》に座るよう指し示された席にはノート型の端末が起動した状態で置かれている。向かい側に座る紀藤《きとう》の前にも同じ端末が開いた状態で置かれていた。

「あの、先生。これは……？」

腰を下ろしてすぐ、茉莉花《まりか》は訝《いぶか》しむ心を抑えきれず訊《たず》ねる。

ノート型にしては大画面なそのディスプレイには、先週末に提出しなければならなかった数学の課題が表示されていた。

「閉門までまだ二時間ある。分からないことがあれば質問したまえ」

茉莉花《まりか》は忙《せわ》しなく目を瞬《まばた》かせた。

「あの、これって良《い》いんでしょうか？」

「良《い》い、とは？」

紀藤《きとう》の表情を見る限り、とぼけているのではなく本気で問われているようだ。

自分の方がおかしいのか？ という戸惑いを抱えながら茉莉花《まりか》がそれに答える。

「レポート作成に先生の力を借りるのは一種のカンニングなのでは……」

「質問に答えるだけで模範レポートを写させるつもりは無い」

「しかし、あたしだけ手伝ってもらうというのも不公平な気がするのですが」

「結果的に、遠上《とおかみ》一人になっただけだから気にしなくても良い」

「はっ？ あの、それって……」

ますます困惑する茉莉花《まりか》とは対照的に、紀藤《きとう》は淡々とした表情を維持している。

「レポートが遅れたのは遠上《とおかみ》だけではないが、他の生徒は今日中に提出すると回答した。だからこの様な形になった」

「そうなんですか……」

どうやら紀藤《きとう》は、他の生徒のレポート作成も手伝うつもりだったようだ。

茉莉花《まりか》はまだ、完全に納得できたわけではなかった。

「質問は以上か？　では始めなさい」

だがこれは追試と同じ、単位を落としそうな生徒に対する救済措置だ。

モヤモヤは棚に上げて、茉莉花《まりか》はレポートに取り掛かった。


「それで結局、レポートは完成したの？」

「うん。受け付けてもらえた」

「良かったじゃない」

帰りの個型電車《キャビネット》の中で手を打ち合わせて喜ぶアリサに、茉莉花《まりか》は曖昧な笑みを浮かべる。

元々課題をど忘れしていたのが原因だから素直に喜べない心境だったのだ。

「でも紀藤《きとう》先生って、もっとお堅い感じがしていたんだけど。期限切れのレポートを受け付けてくれるなんてイメージと違う気がするな……」

「そうかな？」

茉莉花《まりか》も最初はアリサと同じイメージを持っていた。だが先月実技の個人指導を受けたり今回レポートを手伝ってくれたりしたことで、茉莉花《まりか》の中で紀藤《きとう》は「面倒見の良《い》い先生」にキャラクターが変わっていた。

「紀藤《きとう》先生。何だかミーナにだけ親切な気がする」

「そ、そんなことないと思うよ」

アリサが漏らした感想に、茉莉花《まりか》は自分でも思い掛けない程の動揺に襲われた。

「レポートを待ってもらったのは、あたしだけじゃなかったし」

慌てて言い訳した茉莉花《まりか》だが、アリサは「そうかなぁ」と納得しなかった。

「でも手伝ってもらったのはミーナだけでしょ？」

「それはえっと、他の人は自分でできると言ったからで。紀藤《きとう》先生、元々は未提出者全員の面倒を見るつもりだったみたいだよ」

「ふぅん……」

アリサは明らかに納得していなかったが、それ以上この話に拘《こだわ》るつもりもないようだった。

「とにかくこれで、安心して試験勉強できるね」

一転して朗らかな表情で言うアリサ。茉莉花《まりか》の表情は対照的に、いきなり暗くなった。

「あと一週間しかないなんて無理……」

生気の無い声で呟《つぶや》く茉莉花《まりか》。

「ミーナ、大丈夫よ！　無理なんかじゃないって！」

眩《まぶ》しいほどの笑顔で自分を励まそうとしているアリサから目を逸《そ》らして、茉莉花《まりか》は大きくため息を吐いた。

◇　◇　◇

「あっ、もうこんな時間」

情報端末にセットしておいたアラームを止めて、アリサが勉強に使っていた端末を残念そうにオフにした。

「もう帰っちゃうの？」

テーブルの向かい側から茉莉花《まりか》が訊《たず》ねる。ここは茉莉花《まりか》のマンションのダイニングだ。アリサは学校帰りに直接茉莉花《まりか》の部屋に来て、約束したとおり彼女と一緒に試験勉強をしていたのだった。

「ごめんね。明日からはもっと遅くまで付き合うよ。帰ったら、家の人の許可をもらっておくから」

勉強会は今朝急に決めたことだったので、十文字家《じゅうもんじけ》の家族にはまだ話していない。断りを入れずに門限を破るには、アリサはまだ家族、特に義母に対して遠慮があった。

「じゃあ、また後で」

「うん、いつもの時間に。今日はあたしの方から電話するよ」

アリサと茉莉花《まりか》は就寝前にヴィジホンでお喋《しゃべ》りするのが日課になっている。

「うん、待ってる」

アリサは手を振って茉莉花《まりか》の部屋を後にした。

そして、午後十一時。

「こんばんは、ミーナ。試験勉強、進んでる？」

『止めてよ。いきなりそれ？』

ヴィジホンのモニターの中で茉莉花《まりか》が顔を顰《しか》めている。

それも仕方がないかもしれない。アリサは掛かってきた電話を取るなり、試験勉強のことを訊《き》いてきたのだから。

「あはは、ごめんごめん。ミーナが一人でもちゃんとできてるか、心配だったから」

『子供じゃないんだから一人でも勉強くらいするよ』

「……そうだね」

『……そうだよ』

二人とも、茉莉花《まりか》が数学のレポートを忘れていたことを思い出しながら、その話題には触れなかった。

「そうそう。ミーナの家で勉強会をする許可、もらえたよ」

『晩ご飯も？』

「うん。ミーナの部屋で済ませてきても良いって、お義母《かあ》さんも」

『そっか』

茉莉花《まりか》が胸を撫《な》で下《お》ろすような仕草を見せる。

『良かった』

彼女の顔に浮かんだ表情は、喜びよりも安堵《あんど》が勝っていた。茉莉花《まりか》はアリサが義母にとりわけ気を遣っているのを知っている。

アリサが夕食について義母の許可を取ったと言った時、その言葉そのものよりもそれを口にした際のアリサの表情に翳《かげ》りが無かったことに茉莉花《まりか》はホッとしたのだった。

『じゃあさ。明日の帰りは晩ご飯のおかずを買いに行こうよ』

オンラインショッピングが主流となったこの時代にあっても、小売店がその役目を終えたわけではない。特にアリサたちの自宅周辺には、最新流通技術を取り入れながらも伝統的な対面商売で近隣住民に親しまれている昔ながらの商店街がある。

「うん、そうしよう」

それからしばらくの間、二人は「あの店に行こう」「あの店も良《い》いよ」といったお喋《しゃべ》りで盛り上がった。

◇◇◇

「アリサ、茉莉花《まりか》。一緒に帰りましょう」

翌日の授業終了後、明《めい》が二人にそんな言葉を掛けた。

「明《めい》、生徒会は良《い》いの？」

アリサが明《めい》に訊《たず》ねる。

「試験が終わるまで来なくて良いって。会長たちも緊急の仕事以外は試験が終わってから手を付けると言っていたわ」

「そうなんだ。ホワイトだね」

明《めい》の答えに茉莉花《まりか》が感心した顔で二度、首を縦に振った。

「高校生なんだから期末試験を優先するのは当然、というのが会長の方針なんですって」

明《めい》が少し含みのある笑みを浮かべる。

「何か、先々代の役員が優秀すぎて、生徒会に対する要求水準が上がっちゃったらしくてね。その先輩たちが引退した後、苦労したみたい」

「後輩が同じ苦労をしなくて良いように、働き過ぎ改革に乗り出したってわけか。会長さん、良《い》い人だね」

したり顔で述べられた茉莉花《まりか》の感想に、明《めい》は「ふふっ、そうね」と曖昧に笑った。

教室を出たところで小陽《こはる》と日和《ひより》が合流し、アリサたちは五人で駅に向か――わなかった。

彼女たちは今、アイネブリーゼにいる。

家に帰ったら一緒に試験対策をやる、というアリサと茉莉花《まりか》の話を聞いて、まず明《めい》が「私も協力する約束だったわね」と言い出し、小陽《こはる》が「良《い》いなぁ」と羨ましげに呟《つぶや》き、日和《ひより》が「あたしも教えて欲しい」と直球で希望した。そこで急遽《きゅうきょ》、アイネブリーゼを会場に定めて皆で勉強会を開くことになったのである。

「すみません、マスター。何だか騒がしくしちゃって……」

ガイノイド（女性型アンドロイド）のウエイトレスに運ばせるのではなく皆の分のコーヒーと紅茶を受け取りに来たアリサが、カウンターの向こう側にいるマスターに声と表情で申し訳ない気持ちを精一杯伝えた。

「構わないよ。何だか懐《なつ》かしいね」

マスターは笑いながら、何となく焦点が合っていない目をアリサに向けた。その眼差《まなざ》しはアリサの背後に、過ぎ去った時の残像を見ているような感じのものだった。

「……もしかして、司波《しば》先輩たちも？」

アリサの直感的な推理にマスターは頷《うなず》きを返す。

「司波《しば》君たちもああやって勉強会みたいなことをやってたなぁ。彼らはもっと賑《にぎ》やかだったよ。だから本当に、気にしなくても良い」

マスターの回顧は、アリサに意外感を与えた。

「私が聞いたお話では、司波《しば》先輩はお二人とも騒ぐような方ではないという印象ですが？」

「そうでもないよ。妹さん、じゃなかった、深雪《みゆき》さんの方は結構熱く語ることもあった。そういう時の話題は、いつも司波《しば》君のことだったけどね」

「そうなんですか」

アリサは深雪《みゆき》のことを直接には知らない。だからマスターの言葉に驚きは無かった。ただ「そういう人なのね」と思うだけだった。

「それに、彼の友人が賑《にぎ》やかな子たちだったから。彼らが店にいる時は元気な声が絶えなかったなぁ。西城《さいじょう》君、千葉《ちば》さんっていう先輩なんだけど、聞いたことない？」

「お名前だけは聞いたことがあります」

アリサも魔法師の例に漏れず記憶力が良《い》い。だから、二人の名前に聞き覚えはあった。

「千葉《ちば》先輩は剣術で有名な千葉家《ちばけ》の方で、西城《さいじょう》先輩は卒業生でただ御一人、レスキュー大に進学されたとか」

ただそれ以上の為人《ひととなり》までは、聞いたことがないから分からなかった。

「とにかく、今くらいのボリュームだったら大丈夫だよ。他のお客さんが来ても気にしなくて良い」

現在店内の客はアリサたちだけだが、今日は梅雨の晴れ間なので夕方の散歩や買い物ついでの客が入る可能性は低くない。その時はお暇《いとま》しようとアリサは考えていたのだが、どうやら彼女の思考はマスターに読まれていたようだった。

「分かりました。お言葉に甘えます」

アリサはペコリと頭を下げて、カップとグラスが載ったトレーを手に席へ戻っていった。

［幕間《まくあい》］勧誘

二十四日の水曜日は梅雨空に逆戻りして、朝から雨が降っていた。それほど雨脚は激しくないが、夕方になってもしとしとと降り続いている。

アリサと茉莉花《まりか》はアイネブリーゼではなく教室で明《めい》を交《まじ》えて勉強会をした後――小陽《こはる》と日和《ひより》は今日は一緒でなかった――、五時過ぎに自宅の最寄り駅に着いた。

傘を差して足下を気にしながら茉莉花《まりか》のマンションへ向かう二人。

その姿を柱の陰から盗み見て肩を落とす人影があった。

「あの二人、今日も一緒ね……」

軽部《かるべ》絢奈《あやな》は途方に暮れた声で呟《つぶや》く。

「駅で声を掛けるのが一番自然なんだけど、もうそんなことは言っていられないか」

そして自分に言い聞かせるように独《ひと》り言《ご》ちた。

「――あの二人のどちらに声を掛けるんですか？」
ア、アリサの後ろ姿を見詰める絢奈《あやな》に、不意に掛けられる声。
絢奈《あやな》はビクッと肩をふるわせて振り返った。

背後に立っていたのは高校生くらいの男子だ。半袖の開襟《オープン》シャツにジーンズというラフなスタイルで長い前髪が右目を半分隠している。

顔立ちは整っているがそこに名状《めいじよう》し難《がた》い不気味な影を感じて、絢奈《あやな》は思わず半歩下がった。

「あっ、僕はあの子たちの先輩なんです。彼女たちに何か御用でしたら、お役に立てると思いますよ」

絢奈《あやな》は忙《せわ》しなく瞬《まばた》きした。一瞬前まで目の前の少年に感じていた不気味さが嘘《うそ》のように消えている。まさに影も形も無い。

誠実そうで爽やか。見るからに好青年。

今、目の前の男子から受ける印象は、さっきまでとは正反対と言って良い。年下であることは多分間違いないが、年齢に関係の無い頼り甲斐《がい》すら感じてしまう。

少年が髪をかき上げた。

半分隠れていた右目が露《あら》わになる。

(何だか変わった色……。でも、きれい……)

絢奈《あやな》は引き込まれるように、彼の右目に見入った。

魅入られた。

「……もしかして、何かお困りですか？　もし良ければ相談に乗りますよ」

絢奈《あやな》は悩んでいた。家族の為《ため》とはいえ、父の同胞だったという彼女たちにアリサを引き合わせて良いものかどうか、迷いは消えていなかった。

本当は分かっていた。根拠は無いが、確信していた。

あのアリサという名の美しい少女にとって、決して良い結果にはならないと。

約束された報酬は魅力的だ。祖父の会社を続けるにしても廃業して隠居生活を送るにしても、母の生活費を含めて十分な余裕ができるだけの金額を彼女は提示した。

他人よりも家族の方が大切だと割り切った。逆に言えば、割り切らなければ決断できなかった。それは迷いがある証拠だ。その迷いは今でも全く薄れていない。ただ考えないようにしているだけだ。

しかしそれは、見ず知らずの他人に相談できるような類いのものではない。まして相手は、年下とはいえ異性。その気になれば自分を簡単に組み敷くことのできる「男」だ。

「少し、静かな所でお話ししましょう。ご案内しますよ」

絢奈《あやな》はすぐにピンときた。彼が言う「静かな所」は「人気《ひとけ》の無い所」だ。

このまま着いていくのは危ないと、絢奈《あやな》の理性は警告を発している。

だが理性の声は、何故《なぜ》か遠く、か細かった。

紫がかった少年の右目に見詰められている内に、絢奈《あやな》の警戒心は、警告を発する彼女の理性は、真夏の日差しに曝《さら》されたバターさながらに蕩《とろ》けていった。少年が差し出す左手に、絢奈《あやな》は何も考えずに自分の右手を重ねた。

絢奈《あやな》はフラフラと少年に——誘酔早馬《いざよいそうま》に手を引かれて歩き出した。

◇　◇　◇

「アーシャ、どうしたの？」

雨の中、立ち止まって振り返ったアリサに、茉莉花《まりか》が問い掛ける。

「……視線を感じた気がしたんだけど、気の所為《せい》だったみたい」

アリサは茉莉花《まりか》の方へ向き直って、少し笑いながら首を左右に振った。

「気の所為《せい》じゃなくて男の人が見とれていたんじゃない？」

茉莉花《まりか》は真面目くさった表情でそう返した。

「もう……。変な冗談は止めてよ」

「冗談を言ったつもりはないんだけどなぁ。アーシャが美人っていうのは客観的な事実じゃん」

「はいはい、ありがと。ミーナも可愛《かわい》いよ」

「むぅ。何か投《な》げ遣《や》り」

不平を鳴らしながら茉莉花《まりか》は、止めていた歩みを再開したアリサの後に続く。

茉莉花《まりか》が隣に並ぶまでの短い間、アリサは振り返った時にチラリと見えた人影のことを考えていた。

（あれって絢奈《あやな》さんだったよね？　誘酔《いざよい》先輩も一緒だったような……）

しかし絢奈《あやな》は千葉《ちば》の大学に通っているそうだし、早馬《そうま》は多摩《たま》の方にアパートを借りていると聞いている。二人に接点があるとは考え難《にく》い。

「気の所為《せい》か……」

アリサが漏らした小さな呟《つぶや》きは、雨の音に紛れて茉莉花《まりか》の耳には届かなかった。

◇　◇　◇

気が付いた時には、絢奈《あやな》は自分のアパートのベッドにいた。

慌てて起き上がり枕元にあった端末で日付と時間を確認する。

六月二十五日、木曜日。時刻は朝の七時前。普段どおりの時間だ。

しかし昨晩、何時《いつ》ベッドに入ったのか覚えていない。それどころか、帰宅した記憶が無い。

思い出せるのは、高校生くらいの男子と会っていた場面まで——。

「まさかっ⁉」

絢奈《あやな》は慌てて床に足を下ろすと、パジャマと下着、着ている物全てを乱暴に脱ぎ捨て浴室に駆け込んだ。

シャワーを浴びるのが目的ではない。

姿見で全身をチェックする。他人には見せられないような体勢で、極めて親密な相手でなければ見せないような場所を念入りに調べて、絢奈《あやな》はホッと息を吐いた。

◇　◇　◇

学期末試験直前という時期にも拘《かか》わらず、この日、早馬《そうま》は学校に行かなかった。

彼が向かったのは多摩《たま》地区の、都心に近い高級住宅街。入り組んだ道の奥にある、歴史を感じさせるたたずまいの屋敷《やしき》。

ここはこの国で隠然たる権勢を振るう『元老院《げんろういん》』の中でも最有力と見做《みな》されている四人、『四大老《しだいろう》』の一人、安西勲夫《あんざいいさお》の別邸だ。

応接室に通された早馬《そうま》は、ソファの上で平伏《ひれふ》していた。椅子に座った状態で「平伏」というのは言葉の定義からすると正しくないが、膝を揃《そろ》え上半身を水平に倒している彼の姿勢は「平伏」という表現が最も妥当に思われるものだった。

「顔を上げよ」

向かいに座る安西《あんざい》に命じられて、早馬《そうま》は速やかに顔を上げた。この様なケースでは遠慮がちに恐る恐る振る舞うのが正解とする向きも多いが、安西《あんざい》の好みではないと早馬《そうま》は弁《わきま》えていた。

「昨日の報告、読ませてもらった」

安西《あんざい》の言葉に早馬《そうま》は「はっ」と答えながら一礼して、すぐに姿勢を戻した。

「新ソ連の工作という誘酔《いざよい》の見立ては正しいと考える」

「恐縮です」

「その者、軽部《かるべ》絢奈《あやな》に洗脳の痕跡は見られなかったのだな？」

「はい。魔法的な痕跡も魔法以外の痕跡も存在しませんでした」

学校では隠しているが、早馬《そうま》は精神干渉系魔法を得意とする魔法師だ。マインドコントロールや意識誘導よりも幻術の方が得意だが、魔法に対して抵抗力を持たない一般人が相手なら偽りの意思や偽りの記憶を植え付けることも、洗脳を解くことも彼にとっては難しくはない。

「その女の精神にはどのような処置を加えている？」

「訊問《じんもん》中の記憶には念入りにロックを掛けております。私《わたくし》と会った事実は敢《あ》えてそのままにしておきました」

「利用価値があると考えたのか？」

「御意にございます」

完全に忘れさせてしまっては、次に接触する際に一から段取りを組まなければならない。

早馬《そうま》は絢奈《あやな》について、アリサに対する工作を止めさせるという消極的な対応だけでなく、新ソ連に対する逆工作という積極的な使い途《つかいみち》があると考えていた。

「軽部《かるべ》絢奈《あやな》の動機は経済的なものだったな」

「はい。祖父が経営する会社の状態が思わしくないとのことでした。残念ながら、まだ裏は取れておりません」

早馬《そうま》の答えに安西《あんざい》が片手を上げた。それに応えて丸盆を捧《ささ》げ持った和服姿の女中が歩み寄る。

安西《あんざい》は女中に指示して丸盆の上に乗っていた封のされていない封筒を早馬《そうま》に渡させた。

「拝見しても？」

安西《あんざい》の許可を待って、早馬《そうま》が中身を取り出す。

封筒の中に入っていたのは、金額が書き込まれていない小切手だった。デジタル化により使用頻度が減っているとはいえ、画像判定技術、非破壊分析技術の向上によりデジタルデータより偽造が難しくなった小切手は今でもビジネスシーンで利用されている。

振出人は安西《あんざい》配下の金融会社。半世紀前はノンバンクと呼ばれていた業態の企業だ。国民の多くが知っているというような大企業ではないが、会社関係のデータベースで少し調べればこの会社の小切手が不渡りになることはないと分かる。

「魔法による洗脳は次善の策とせよ。まずはそれを渡してこちらに付くよう交渉するのだ」

そう告げて安西《あんざい》が立ち上がる。

「承りました。それでは早速」

早馬《そうま》も立ち上がり、安西《あんざい》に恭《うやうや》しく一礼した。

◇◇◇

絢奈《あやな》は大学の友人と別れて千葉《ちば》市内に借りているアパートへの帰途についた。

その友人からは「気晴らしに行こう」と誘われたが、今日はその気になれなかった。記憶の欠落に対する言い知れぬ不安が朝からずっと、彼女の中に居座っている。それが、家路を急がせていた。

彼女は一人暮らしだ。部屋に戻れば戻ったで、不安が勢いを盛り返すだろうと分かっていた。だが自分の知らない場所で記憶が途切れるかもしれないという恐れが、それを上回っていた。

アパートの最寄り駅で降りてすぐ、雨が降り出した。折り畳み傘は持っていたが、絢奈《あやな》は小降りの内に走って帰ることを選択した。

しかし途中で雨脚が激しくなる。彼女は無人店舗の軒下に駆け込んだ。

傘を取り出す為にショルダーバッグを身体《からだ》の前に回し、留め具を外そうと手を掛ける。

そこで、傘を差し掛けられた。

「貴方《あなた》……⁉」

半ば、悲鳴だった。彼女がもう少し気の弱い女性だったら、間違いなく叫んでいただろう。

あるいは、声も出せずに震えていたか。

傘の下にいたのは昨日の最後の記憶に残る、あの少年だった。

「また会いましたね、軽部《かるべ》さん」

「な、名前……」

絢奈《あやな》が口にした片言のセリフは「何故《なぜ》自分の名前を知っているのか」という意味だった。

「昨日は名乗りませんでしたっけ？　誘酔早馬《いざよいそうま》です」

少年は分かっていて、態《わざ》と答えを逸《そ》らしたのだ。絢奈《あやな》はそう直感した。

「ご丁寧にどうも」

絢奈《あやな》の心に、急に落ち着きが戻る。

不安やら惑乱やら、色々な想念が溢《あふ》れ返って感情の針が振り切れたのだ。

「それで、何の用？」

ぶっきらぼうに絢奈《あやな》が訊《たず》ねる。

開き直りの心境と言うより、自棄《やけ》になっているという方が近い。

「お祖父様が経営されている会社に関する、重要なご提案をお持ちしました」

高校生に似つかわしくない丁寧な物言いは、絢奈《あやな》の意表を突いた。

「私、そんなことまで貴方《あなた》に話したの？」

「何処《どこ》かで落ち着いてお話できませんか」

何をされるか分からないという、目の前の少年に対する恐怖心は小さくない。だが祖父の会社に関する提案というのは、絢奈《あやな》にとって無視できない話題だった。

「近くに私のアパートがあるんだけど。来る？」

「良《い》いんですか？」

絢奈《あやな》の大胆な提案に、早馬《そうま》が軽く目を見張る。

「そこが一番落ち着けるから」

何処《どこ》か知らない場所に連れて行かれたら、二度と帰れないかもしれないという不安も絢奈《あやな》の中にはあった。しかしそれより絢奈《あやな》の心の中では、開き直りの方が大きな割合を占めていた。

アパートのドアを開けた絢奈《あやな》は「ちょっと待ってて」と強い口調で告げて、早馬《そうま》の鼻先で扉を閉めた。

置き去りにされた格好の早馬《そうま》は、怒りを見せなかった。彼の唇には苦笑が浮かんでいる。特別な力を使わなくても、絢奈《あやな》が慌てて部屋の中を片付けている光景が早馬《そうま》の脳裏に映った。

「入って」

およそ、五分程経《た》っただろうか。ドアを開けた絢奈《あやな》が、早馬《そうま》を中に招き入れる。

彼女に誘導されるまま、早馬《そうま》は座卓の前に座った。

座布団《ざぶとん》は、敷かれていなかった。

薄いカーペットが敷かれただけの床に、早馬《そうま》は足を崩さずに座った。

彼に倣《なら》ったというわけでもないだろうが、絢奈《あやな》も向かい側に正座した。

「それで、提案って？」

お茶を出そうともせず、絢奈《あやな》がいきなり問い掛ける。

「貴方《あなた》がご家族の為《ため》に不本意な仕事を強いられているのは、昨日うかがいました」

「……私、そんなことまで話したの？」

絢奈《あやな》が丁寧語を使っていないのは意識的なものだ。早馬《そうま》に付け入られないよう気を張っているつもりだった。――それが有効だという、確信は無しに。

「貴方《あなた》が今の、心に染まぬ仕事をやり遂げても、貴方《あなた》のご家族は救われませんよ」

相変わらず早馬《そうま》は絢奈《あやな》の問いに答えない。

「どういう意味……？」

絢奈《あやな》は早馬《そうま》の言葉を無視できない。

「仕事を依頼してきた連中がどういう素性の者か、大体の見当は付いているのでしょう？」

「……新ソ連の工作員でしょ」

「そのとおりです。つまり貴女《あなた》はそれと知りながら、売国行為に手を染めようとしている」

冷たく早馬《そうま》が断じる。

「私はアリサさんをあの人たちの所に連れて行くだけよ」

反抗的な口調で絢奈《あやな》は言い返した。

「それで貴女《あなた》は、本心から納得できるのですか？」

「…………」

絢奈《あやな》には、返す言葉が無い。

早馬《そうま》の言うとおりだった。

新ソ連工作員の懐《ふところ》に誘い込まれたアリサを待つ未来がどのようなものか、絢奈《あやな》には具体的に予想することができない。だがアリサにとってもこの国にとっても幸福なものではないだろうということは、朧気《おぼろげ》ながら想像できる。

それが早馬《そうま》の言う、「売国行為」に該当するものだろうということも。

「それに今回の仕事を成功させても、連中は貴女《あなた》を手放しませんよ」

絢奈《あやな》が唇を噛《か》む。それは彼女の行く手に待ち受ける、彼女が目を背けていた泥沼だった。

「私は国防軍の関係者でも公安の関係者でもありませんが、我が国の利益に深く関わる者です。軽部《かるべ》さん。貴女《あなた》が我々の側に立ち位置を変えていただけるなら、これを差し上げます」

早馬《そうま》はここで例の小切手を出した。

座卓の上に置かれた金額未記入の小切手に、絢奈《あやな》の目が大きく見開かれる。彼女には金額欄が空白となっている意味を理解するだけの知識があった。

「これでお祖父様の会社は立て直せるでしょう」

「……これ、本物なの？」

「ええ。五十億までなら間違いなく現金化されますよ」

安西《あんざい》の権力――財力ではなく――を以《もっ》てすれば五十億円などという天井は存在しないのだが、限度を設けた方が現実味が増す。早馬《そうま》のセリフはそれを考慮したものだ。

「そんなにいらないわ……」

絢奈《あやな》が独り言のように呟《つぶや》く。

早馬《そうま》は独り言と解釈して話を進めた。

「あちらと手を切る必要はありません。向こうの連絡員には『十文字家《じゅうもんじけ》のガードが堅くて上《う》手《ま》く行かなかった』と報告していただければ結構です。多分、新しい仕事の依頼があるでしょうからその内容を報《しら》せてください」

「……それだけで良《い》いの？」

「向こうに従っているふりをしていれば貴女《あなた》に危険は無いと思いますが、念の為《ため》にバックアップの人間を付けておきますよ」

話が上手《うま》すぎる、と絢奈《あやな》は思った。

私に選択の余地は無さそうだ、とも思った。

求められている役割は二重スパイ。「危険は無い」という言葉は嘘《うそ》だと、素人《しろうと》の絢奈《あやな》にも分かる。しかし五十億円をポンと差し出す相手から逃れられるとは思えなかった。

小切手に関しては嘘《うそ》を言っていないと彼女の直感は告げていた。

「……分かりました。貴方《あなた》の提案を受《う》け容《い》れます」

「結構です。貴女《あなた》が賢明な方で良かった」

そう言って早馬《そうま》が髪をかき上げる。

「約束ですよ。我々が貴女《あなた》を援助する代わりに、貴女《あなた》も我々に力を貸すのです。このことをお忘れなきように」

半ば隠れていた右目が露《あら》わになり、部屋の灯《あか》りに紫がかった瞳が妖しく煌《きら》めいた。

絢奈《あやな》の視線が、意識が、その瞳に引き寄せ寄せられた。

絢奈《あやな》の部屋を出た早馬《そうま》は、今日の成果に満足していた。

安西《あんざい》からは、魔法による洗脳は金銭で頷《うなず》かない場合のみと指示されていたが、いったんは敵のスパイに取り込まれた女性を口約束だけで信用するほど早馬《そうま》はピュアではなかった。

(……御前のご命令に背いたわけではないしな)

早馬《そうま》は精神干渉系魔法を使ったが、あれは洗脳魔法ではなかった。命令を強制するものでも偽りの記憶や信念を植え付けるものでもなく、単に約束を守らせるもの。約束違反に対する罪悪感を増幅し、「この契約は何があっても遵守しなければならない」という強迫観念を植え付ける暗示だ。

早馬《そうま》と交わした契約と新ソ連のスパイとの契約の間で、増幅された罪悪感によって苦しむことになるかもしれないが、それは絢奈《あやな》の問題だと早馬《そうま》は思っている。
そもそも敵国に与《くみ》するような真似《まね》をするのが悪い。
早馬《そうま》はそのように、突き放して考えていた。

[6] 高校生最大の試練（2）

期末試験まで、あと三日となった。

今日もアリサと茉莉花《まりか》は必死の形相で試験勉強に取り組んでいる。——もとい。泣きそうな表情で端末を見詰めながら何事かブツブツと呟《つぶや》いているのは茉莉花《まりか》だけだった。

アリサはそんな茉莉花《まりか》の姿を隣の席から愛おしげに見詰めている。アリサの手許《てもと》の端末には解き終わった練習問題が表示されている。彼女の試験対策は順調だ。

「うわーん、分からないよぅ！」

突然茉莉花《まりか》が叫び声を上げ、アリサに抱き付いた。

その背中をポンポンと優しく叩《たた》きながら、アリサは茉莉花《まりか》に「他の人もいるんだから叫んじゃダメだよ」と優しく言い聞かせる。二人が今いるのは、放課後の教室だった。

「それで、どれが解けないの？」

茉莉花《まりか》の抱擁をそっと解《ほど》いて訊《たず》ねるアリサ。茉莉花《まりか》が「ここ」と指差すディスプレイをのぞき込んで「ああ、これは……」と丁寧に解説する。

「あっ、そうか」

茉莉花《まりか》の頭は、決して悪くない。自分が何処《どこ》で詰まっていたか、彼女は一度説明されただけで理解した。

「他は大丈夫？」

「うん。これで終わり」

茉莉花《まりか》が解いていたのは、アリサが解き終えていたものと同じ副教材の練習問題だ。データを自宅に持って帰れない為《ため》に教室でチャレンジしていたのである。

「じゃあ、ちょっと早いけど行こうか」

「うん」

アリサと茉莉花《まりか》が同時に立ち上がる。

「帰ろうか」ではなく「行こうか」。二人が残っていたのは練習問題だけが理由ではなかった。

学期末試験は、筆記テストだけではない。配点の比重は実技テストの方が高い。二人とも実技の方が得意とはいえ、直前に何もしないのは不安だ。

しかしそれは他の生徒も同じ。ようやく演習室の予約が取れたのは試験の三日前、金曜日の放課後の三十分間だけだった。

演習室に到着したが、予約の時間まではまだ五分程ある。

「どうする？」

「外で待っていても意味ないし、見学しながら待たせてもらおうよ」

アリサの問い掛けに、茉莉花《まりか》は即答する。

「そうだね」

茉莉花《まりか》の答えにアリサが頷《うなず》く。二人は一緒に演習室に入った。

この大教室は、授業の際は一つの教室として使うが自習用に解放されている放課後は六つのブースに仕切られている。

三連のブースが左右に一列ずつ。その間には通路がある。割り当て時間以外の生徒も、この通路で見学することは認められている。ただ魔法の流れ弾が飛んでくるリスクはあるが、そこは自己責任で対処しなければならない。それが条件だ。

アリサたちが予約しているのは一番奥のブース。当然かもしれないが、そこではまだ先約の生徒が試験に向けた課題の練習をしていた。

「あっ……」

アリサが小さな声を漏らす。その理由は、茉莉花《まりか》にもすぐに分かった。

そのブースを使っていたのは、唐橘《からたちばな》役《まもる》だった。

役《まもる》が練習を中断して振り返る。アリサの声は微《かす》かなもので練習中の彼に聞こえた可能性は小さかったが、視線を感じたのだろうか。

「ごめん、もう時間になってた？」

役《まもる》が、アリサの方に歩み寄りながら訊《たず》ねる。

「まだ四分くらいあるよ」

役《まもる》の質問に、茉莉花が答えた。

「あと四分か。じゃあ、僕はこれで上がるよ」

「えっ、そんな、悪いよ」

アリサが慌てて引き止めようとする。だが役《まもる》はさっさと演習機材のスイッチを切った。

「良《い》いの？」

ブースを出ようとした役《まもる》に茉莉花《まりか》が訊《たず》ねる。

「うん」

役《まもる》は頷《うなず》きながらその一言だけを返した。

そして彼はアリサたち二人とすれ違い、さらに一歩進んだ所で立ち止まった。

役《まもる》が振り返り、アリサに顔を向けた。

アリサが役《まもる》と目を合わせるのは、先週の月曜日以来だ。

喧嘩《けんか》別《わか》れのようになったあの日のことが、アリサはずっと引っ掛かっていた。

恋人同士というわけではない。恋人未満ですらない。

アリサにとって役《まもる》は仲が良《い》い、気が合う同級生。つまり「お友達」だ。

だが単なる友人であっても、気まずいままになっているのはストレスの元になる。

相手に責任を転嫁《てんか》できれば少しは気が楽になるかもしれないが、あの時のことは自分の態度が悪かったとアリサは思っているから気が重くなるばかりだった。

また二人で一緒に勉強したり同じ本の感想を語り合ったりする——アリサは元々獣医志望、役《まもる》は医者志望だったからか二人は読書の趣味が合う——関係には戻れなくても、取《と》り敢《あ》えずあの時のことを謝罪してすっきりしたいとアリサは考えていた。

「あのっ」

「十文字《じゅうもんじ》さん、先週はごめん！」

だが、役《まもる》に機先を制されてしまう。

役《まもる》に頭を下げられて、アリサは言葉を失ってしまった。

「あの時は何故《なぜ》十文字《じゅうもんじ》さんが怒っているのか分からなかったけど、あの後良く考えてみたんだ。あの噂《うわさ》についても色々訊《き》いてみた。僕が無神経だったよ」

アリサの舌が固まっている間に、役《まもる》は懺悔《ざんげ》を続けた。

「ただでさえ彼氏彼女のことで噂《うわさ》されるのって嫌だよね。僕だって嫌だ。……そんな経験は無いけど」

セリフとセリフの間に少し間が空いたことで「あっ、こいつ、無いって言ってるけど本当《ホント》はあるな」と傍《はた》で聞いていた茉莉花《まりか》は思った。

「それなのに変に気を回すようなことを言ってごめん。気を回したつもりが本当《ほんとう》に気が利《き》かなかった。無神経な男でごめんなさい」

「……ううん。私が悪かったんだよ」

ここまで聞いて、アリサの発声機能がようやく再起動した。

「あれは私が八つ当たりしただけ。唐橘《からたちばな》君は何も悪くない。私の方こそごめんなさい」

頭を下げたままの役《まもる》に向かって、彼よりも深くアリサは頭を下げた。

「……二人とも、もう良《い》いんじゃない」

何時《いっ》までも顔を上げようとしない二人の間を取り持ったのは、意外にも役《まもる》を煙たがっていた茉莉花《まりか》だった。

「悪いのは無責任な噂《うわさ》を流した上級生だし。二人とも被害者みたいなものだよ」

アリサと役《まもる》が、どちらからともなく顔を上げる。

茉莉花《まりか》が右手でアリサの手を、左手で役《まもる》の手を取った。

「はい、仲直り」

そう言って茉莉花《まりか》が二人を握手させる。

アリサが意外感を露《あら》わにして茉莉花《まりか》に振り向き、それから役《まもる》に向き直って笑顔を浮かべる。

役《まもる》はアリサに微笑《ほほえ》み掛けられる前から顔を赤くしていた。

それを見て茉莉花《まりか》は面白くなさそうな、今にも舌打ちしそうな顔をしていたが、さすがに空気を読んだのか何も言わなかった。

◇◇◇

翌週月曜日に期末試験開始を控えた六月二十七日、土曜日の放課後。アリサと茉莉花《まりか》は学食にいた。

既に昼食は終えている。食器を返却した後のテーブルで、彼女たちは試験勉強をしていた。二人で、ではない。教室でも図書館の自習室でもなく学食で端末を広げているのは、人数が膨れ上がったからだ。

明《めい》、小陽《こはる》、日和《ひより》の三人だけではない。役《まもる》、それに浄偉《じょうい》を加えた合計七人だ。教室の机は組み込まれた端末の配線の関係で原則として動かせないし、自習室も七人分の纏《まと》まった席は確保できない。この様な事情で勉強会の場所が学食になったのである。

「……でも、俺まで良かったのか？」

練習問題の自己採点をしていた浄偉《じょうい》が、端末から顔を上げて不意に呟《つぶや》いた。

「何を今更」

素っ気無い声で明《めい》がツッコミを入れる。

「ジョーイがいてくれて助かったよ。じゃなかったら、逆紅一点になるところだった」

本気でありがたいと答えたのは役《まもる》だ。役《まもる》と浄偉《じょうい》は「ジョーイ」「ヤク」と互いを呼ぶ間柄になっている。

「ハーレム状態は嫌なんですか？」

小陽《こはる》が役《まもる》に、不思議そうに訊《たず》ねる。

女性向けというより少年向け小説的な小陽《こはる》の発想に、役《まもる》は誤魔化し笑いを浮かべただけで何も言わなかった。

「唐橘《からたちばな》君がいないと教師役が足りなくなっちゃうから困る」

これは日和《ひより》だ。

「何か俺、ヤクのオマケって言われている気がするんだけど」

「気の所為《せい》よ」

再び明《めい》の、素っ気無いツッコミ。どうしてか浄偉《じょうい》に対して明《めい》は当たりが強い。

だが浄偉《じょうい》は苦笑いを浮かべるだけで、明《めい》の愛想《あいそ》が無い態度をスルーした。

このちょっとした中断の後、七人は再び試験勉強に戻った。時々交わされる会話は全て試験範囲に関するものだ。基本的にアリサが茉莉花《まりか》に、明《めい》が小陽《こはる》に、役《まもる》が日和《ひより》にと教える相手は決まっていたが、その組み合わせは不変のものではなく時には三人、四人、全員で意見を交換することもあった。

食堂にはアリサたち以外にも、同じように勉強道具を広げている生徒が大勢いる。それで他のグループに邪魔されず、また他の生徒に気兼ねせず勉強会ができるのは、それぞれのグループが遮音フィールドの魔法を使っているからだった。

「アリサ、本当に代わらなくても良いの？」

小陽《こはる》が練習問題に悩んでいる隣から、明《めい》がアリサに問い掛ける。

「うん、大丈夫」

教科書を食い入るように読んでいる茉莉花《まりか》から目を離して、アリサが振り向きながら答えた。

「でも、ずっとアリサ一人だけに任せるのは何だか気が引けるわ」

「本当に大したものだな。こんなに長い時間、フィールドを維持できるなんて」

浄偉《じょうい》が心から感心しているという表情で口を挿《はさ》む。

彼が言っているのは遮音フィールドの魔法のことだ。勉強会が始まってから、アリサは一人で遮音フィールドを張り続けていた。

「やっぱりこんな言い方は好きじゃないけど、さすがは十文字家《じゅうもんじけ》ということかしら」

明《めい》が罪悪感の入り混じった感嘆の口調で同意する。

「うーん、どうだろう。私には当主の克人《かつと》さんや副会長の勇人《ゆうと》さんみたいに強力なシールドは作り出せないし」

「でもこの持久力は、普通の魔法師には出せないんじゃないか？」

「そうね。もう二時間近いもの」

浄偉《じょうい》の言葉に、明《めい》が深々と頷《うなず》いた。

「そうだよ。アーシャはもっと自信を持って良い」

教科書を読んでいたはずの茉莉花《まりか》が、いきなり参戦した。

「一つの魔法を維持し続けてるわけじゃないよ。何回も張り直しているし。……それよりミーナ、読み終わった？」

茉莉花《まりか》が目を泳がせる。

「う、うん」

そして口から出たのは、歯切れの悪い答えだ。一応読み終わったが、まだ理解度に自信が無いといったところだろうか。

「じゃあ、ここはどういう意味？」

「えっと、それは……」

茉莉花《まりか》が会話に加わったことで逆に、話題が試験勉強に逆戻りした。

明《めい》と浄偉《じょうい》は失笑を漏らしている顔を見合わせる。この二人は互いに遠慮が無いだけで、特に仲が悪いわけではなかった。

明《めい》は小陽《こはる》の端末へ、浄偉《じょうい》は自分の端末へ目を戻した。

◇◇◇

二〇九九年六月最後の日曜日の夜。

アリサと茉莉花《まりか》は十文字家《じゆうもんじけ》の離れで、ダイニングテーブルを挟んで向き合っていた。

茉莉花《まりか》のマンションではなくアリサの部屋で勉強をしているのは昼間、旧第十研の訓練施設を使って実技の試験対策を行っていたからだ。

茉莉花《まりか》は元々、数字落ち《エクストラ》となった過去に余り拘《こだわ》っていなかった。彼女の心に巣くっていたのは数字を剝奪され冷遇された過去に対する怒りではなく、十三歳の早春にアリサと引き離された恨みだ。それも一度敷居《しきい》を跨《また》げば薄れるのか、今日は訓練施設が使えることをありがたがっていた。

アリサの部屋は十文字家《じゆうもんじけ》の庭に建てられた離れだ。ここは彼女が引き取られた時、アリサがなるべく気まずい思いをしないようにと克人《かつと》の決定で建てられた。いや、アリサに対する配慮というより、中学一年を終えたばかりの竜樹《たつき》とまだ小学生だった和美《かずみ》の為《ため》という意味合いが強かった。

このまだ新しい離れには、生活に必要な物が一通り揃《そろ》っている。施工《せこう》業者が同じだったこともあって、茉莉花《まりか》のワンルームマンションとほぼ同じ間取りだ。

キッチンでは食洗機が動いている。夕食は義母の十文字《じゅうもんじ》慶子《けいこ》が用意してくれた。二人で食べなさいと家政婦に届けさせてくれた物だ。

「……はい、OK。ミーナ、全問正解だったよ」

茉莉花《まりか》の為《ため》に自分で作ったチェックテストの採点を終えて、アリサが満足げな笑みを見せる。

「アーシャ、ありがと～」

茉莉花《まりか》が目を潤ませてアリサの手を取った。

「御蔭《おかげ》で記述テストも何とかなりそうだよ」

「うん。多分、大丈夫。頑張ったね」

そう言いながらアリサは茉莉花《まりか》の頭を撫《な》でる。

茉莉花《まりか》は気持ち良さそうに目を細めている。一切抵抗せず撫《な》でられるがままだ。その内、喉をゴロゴロと鳴らしそうな姿だった。

「さて、少し早いけど明日に備えて終わりにしようか。ミーナ、泊まっていく？　それとも帰る？　帰るなら克人《かつと》さんに言って、誰かに送ってもらえるよう頼むけど」

隣の旧第十研には十文字家《じゅうもんじけ》配下の魔法師が二十四時間体制で施設を警備する為《ため》、常に数人泊まり込んでいる。当主の克人《かつと》に頼めば、茉莉花《まりか》をマンションまで送ってもらえるはずだ。

「泊まっていく！」

茉莉花《まりか》の返事は即答だった。

「あっ、着替えは私のを使う？　ブラのサイズが合わないと思うけど」

「夜だけだから、ブラは要らない」

一晩あれば洗濯物は乾く。明日は朝早くに起きて、茉莉花《まりか》の部屋に寄ってから登校すれば問題は無い。

アリサと茉莉花《まりか》は頭の中で同じ段取りを組み立てていた。

「じゃあ、お風呂《ふろ》を入れてくるね」

「あっ、手伝うよ」

「手伝うって……スイッチを入れるだけだよ？」

アリサが住んでいる離れは、他の住宅設備と同じく浴室もほぼ自動化されている。洗浄もお湯張りもスイッチ一つだ。入浴後も浴槽からお湯を抜き給湯器を止めれば浴室全体が自動的に洗浄される。

自分の手を使って掃除するのは一月に一、二回程度。それで十分に衛生的な状態が保たれる。

「じゃあお湯が溜《た》まる前に髪を洗ってあげる」

今は低価格のユニットバスでもない限り浴槽にお湯を溜《た》めているからといってシャワーの出が悪くなることはない。

「その方が時間の節約になるでしょ」

「別に、良《い》いけど……」

本当に時間の節約になるのかどうかアリサは疑問に思ったが、茉莉花《まりか》の提案を拒む理由も無かった。

二人は下着姿になって一緒に浴室へ向かう。

「私はここで顔を洗ってから入るね」

「うん、分かった」

洗面台の前で洗顔料を手に取るアリサの後ろを通って茉莉花《まりか》が浴室に入る。

丁寧に洗顔を済ませたアリサが浴室に入った時、茉莉花《まりか》は既に顔だけでなく髪も洗い終えていた。

「ミーナ、もう終わったの……？」

アリサのセリフには言外に「短すぎない？」という非難が込められている。

「あたしの髪はアーシャほど長くないから」

茉莉花《まりか》は言い訳になっているようでなっていないことを、悪びれない口調で応えた。

「それより、ほら、座って」

茉莉花《まりか》はアリサに二の句を告げる暇《いとま》を与えず、自分が使っていた椅子に座らせた。

そしてアリサの背後で膝立ちになり、彼女の髪を洗い始める。

アリサは大人しく言葉を呑《の》み込み、瞼《まぶた》を閉じた。

「痒《かゆ》いところは無い？」とか「お湯、熱くない？」と訊《き》かれた時にだけ答えを返す。

茉莉花《まりか》はシャンプーを流した後、じっくり時間を掛けてトリートメントをアリサの髪の先端まで行き渡らせ、熱いお湯で良く絞ったタオルで包み込んだ。

「はい、しばらくこのままね」

「ミーナ……。自分の髪も同じくらい丁寧にケアした方が良《い》いと思うよ」

アリサは茉莉花《まりか》に背中を向けたまま呑《の》み込んでいた言葉を口にした。

「あたしの髪は短いからコンディショナーだけで十分だよ。それより待っている間、背中を流してあげようか？」

茉莉花《まりか》はまるで聞く耳を持たない。

アリサは諦めの心境で「今度は私がやってあげる」と言って、椅子から立ち上がった。

「うん♪」と嬉《うれ》しそうに答えた茉莉花《まりか》と場所を替わる。

アリサは茉莉花《まりか》の背後に膝を突き、ボディソープをスポンジで泡立てる。その泡を手で取って、茉莉花《まりか》の背中を殊更《ことさら》優しく撫《な》でるように洗い始めた。

「うひゃ！　く、くすぐったい。くすぐったいよ、アーシャ」

「こら、動かないの。大人しくしないと前も洗っちゃうよ」

「うえっ？　そ、それは……、ひゃっ！」

警告の意味を込めて、アリサが両手を茉莉花《まりか》の脇へ滑らせる。

それで茉莉花《まりか》は大人しくなった。

その後、二人は各々《おのおの》自分の身体《からだ》を洗い、茉莉花《まりか》がアリサの髪をコンディショナーで仕上げて、仲良く浴槽に入った。お湯に浸《つ》かるまでに随分時間を費やしたが浴室は暑いくらいだったので、二人とも夏風邪を引くようなことはなかった。

◇◇◇

六月二十九日、月曜日。一年で一番日が長い季節ということもあって、早朝にも拘《かか》わらず既に外は明るい。そろそろ梅雨明けが近いのか雲の切れ間から薄らと、朝と夜が混ざった色の空がのぞいている。傘は必要なさそうだ。

爽やかな早朝の空気の中、アリサと茉莉花《まりか》は並んで十文字家《じゅうもんじけ》の門を出た。アリサは一高の制服、茉莉花《まりか》は昨日着ていた私服だ。

二人とも朝食はまだ摂《と》っていない。これから茉莉花《まりか》のマンションに行って、一緒に食事を済ませてから登校する予定になっている。

「朝はパンで良《い》い？」

「アーシャのオムレツが食べたい」

アリサの質問に、茉莉花《まりか》が甘えた声で答える。

「朝からオムレツ……？　まだ余裕はあるけど時間が余っているわけじゃないから、プレーンしか作れないよ？」

そう言いながらアリサの顔は笑っている。口調も「仕方が無いなぁ」というニュアンスのものだった。

「それでお願い！　……ダメ？」

上目遣いにお強請《ねだ》りする茉莉花《まりか》。

「ううん、作ってあげる」

そんなあざとい真似《まね》をしなくても、アリサの答えは決まっていた。

「やった！」

茉莉花《まりか》は小さく跳び上がり、そのまま弾むような足取りで自分のマンションへ向かう。

「待って、ミーナ。そんなに急がなくても大丈夫だよ！」

アリサの声が意識に届いていないのか、茉莉花《まりか》の歩調は緩まない。

「今日から頑張ろうね、アーシャ」

振り返って応えた茉莉花《まりか》のセリフは、アリサのリクエストとは全く関係が無いものだった。

「もぅ！」

結局アリサは、茉莉花《まりか》を小走りで追い掛ける羽目になった。

……そんな仕打ちを受けたにも拘《かか》わらず、アリサは茉莉花《まりか》が支度している間に朝食のオムレツを焼いてあげた。

[7] 試練を終えて、次なる戦いへ

六月二十九日に始まった一学期の学期末試験も本日、七月三日金曜日に幕を閉じた。一高生は歓声を上げるのではなく、ぐったりと疲れ切った様子で解放感に浸っている。これは試験が終わって気が緩んでいるというだけでなく、実技試験で単純に疲労しているという要因もあると思われる。

ただ、疲れていてもそこは十代の若者。羽目を外すのを躊躇《ためら》う理由にはならない。彼らはそれぞれの方法でストレスの解消に動いた。

「じゃあ、行ってくるから」

茉莉花《まりか》の身体《からだ》からは、うずうずする気持ちが抑えきれずあふれ出している。彼女はアリサに手を上げてそう告げると、勢い良く走り出した。

「はい、行ってらっしゃい」

その背中を見送りながらアリサが応える。もっとも、茉莉花《まりか》には聞こえていなかっただろうしアリサも自分の声が届いているとは思っていなかった。アリサの顔には「仕方無いなぁ」という控えめな笑みが浮かんでいた。

「アリサ、茉莉花《まりか》は部活？」

「うん。張り切ってたよ」

背後から——正確に言えば右斜め後ろからいきなり声を掛けられても、一々過剰に驚いたりはしない。アリサは振り返りながら明《めい》の問い掛けに答えた。

「元気ね……」

やや呆《あき》れたように明《めい》が呟《つぶや》く。

「疲れてはいるんだろうけど……、部活ができる楽しさが上回っているんだと思う。それに、明後日《あさって》には三高との対抗戦だからね」

「なる程」

明《めい》は納得顔で深く頷《うなず》いた。マーシャル・マジック・アーツ部が明後日《あさって》の日曜日、三高に遠征して対抗戦を行うのは生徒会役員として、彼女も把握していた。

「アリサは部活に行かないの？」

明《めい》が今度は、アリサの予定を訊《たず》ねる。

「クラウド・ボール部は、今日はお休み。私もちょっと、そんな元気は無いかな」

アリサは、大袈裟《おおげさ》なものではないが、肩を竦《すく》めるような仕草を見せた。

「あはは。まあ、それが普通よねぇ。私も今は、走ったり跳んだりするだけならともかく、魔法を使う競技は遠慮したいかも」

「明《めい》はこれから生徒会？」

アリサが半分相槌《あいづち》の意味で明《めい》に問い返す。

「うん、そう。本当は部活で身体《からだ》を動かしたいんだけど、そろそろ九校戦の準備も本格化しないといけないから」

アリサの問い掛けに答えた後、明《めい》は「あっ、そうだ！」と言いながら両手を小さく打ち合わせる。「ポンッ」という気の抜けた音が明《めい》の声に重なった。

「アリサ。例の件、決まったわよ」

「例の件って……？」

全く心当たりが無いアリサが、訝《いぶか》しげに小首を傾《かし》げる。

「ほら、九校戦に向けて、クラウド・ボールのコートを臨時に作るかもしれないって話」

「あっ、あれ……。えっ、嘘《うそ》。本当《ホント》に作ってもらえるの⁉」

アリサが目を丸くして片手を口に当てた。

「本当《ほんとう》よ。四年前まで使っていた仮設用のコートが倉庫に残っていたから、それを使うことになったの。今日これから異常がないかどうかチェックして、大丈夫だったら早速日曜日に設営するみたい」

「そうなんだ……」

呟《つぶや》く口調と表情から、アリサが実感を持てずにいることが分かる。学校全体としてみればそんなに大袈裟《おおげさ》な話ではないのだが、この三ヶ月間で「クラウド・ボールはマイナー」というイメージが刷り込まれていたアリサにとっては、俄《にわか》に信じ難《がた》いことだった。

「これからその立ち合いをするから生徒会室じゃなくて倉庫に集合って、さっきメールがあったのよ」

「じゃあ、行くね」と背中を向け掛けた明《めい》を、アリサが「あっ、待って」と呼び止める。

「付いて行って良い？」

「別に、構わないけど……」

アリサの申し出に、明《めい》は戸惑いをのぞかせた。

「チェック自体は業者がやるから、見ているだけよ？」

「ミーナの部活が終わるまで、何をして待っているか迷っていたところだから」

「そういうことなら良《い》いけど」

明《めい》の続いて、アリサは一年A組の教室を後にした。

一高の敷地《しきち》を上空から見ても、倉庫らしき建物は見当たらない。アリサも物置大の小さな倉庫ならともかく、仮設コートを保管できる程の大きな倉庫が何処《どこ》にあるか今日まで知らなかった。

「倉庫って、こんな所にあったんだ……」

大型倉庫は校門から校舎に続く、桜並木に挟まれた道の地下にあった。陸上・球技グラウンドはその並木道の法面《のりめん》に隣接している。そして法面《のりめん》の一部が倉庫の出入り口になっていた。

「ここって作業車が通るトンネルかと思ってたよ」

　この倉庫が生徒の目から隠されているわけではないが使われる機会が少ないので、特に一年生の間では余り知られていない。

「アリサも来たのか」

　倉庫の前では勇人《ゆうと》が、業者から派遣された数名のサービス員と一緒にいた。その向こうでは事務室の女性職員がサービス員のリーダーらしき男性と話をしている。

　どうやら学校側の立ち合いは事務室の職員で、それを補佐する生徒会を代表して副会長の勇《ゆう》人《と》と書記の明《めい》が派遣されているようだ。

「はい。あの、まずかったですか？」

「そうだな。……いや、構わない。クラウド・ボール部を代表して見に来てくれたことにしておこう」

　いきなり部の代表を押し付けられたアリサは心の中で「ええっ⁉」と叫んでいたが、顔には曖昧な笑みを浮かべているだけだ。女性に限ったことではないかもしれないが、日常生活において笑顔はポーカーフェイスと同じ用途で用いられることも多い。

　扉が開けられ、事務職員とサービス員に続いて勇人《ゆうと》、明《めい》、最後にアリサの順番で倉庫に入る。

　予想に反して中は埃《ほこり》っぽくなかった。事前に換気をしたのか、それとも常時空調が動いているのだろうか。どちらもありそうだった。

中はきちんと整理整頓されていて、目当ての仮設コート設備が何処《どこ》にあるのか探す必要は無かった。フロア、壁、天井といったコートのパーツが、巨大な可動棚に立てた状態で収まっている。サービスボールを打ち出すシューターなどの小道具も同じ棚にしまわれていた。

立てた状態のままパーツを引き出して、業者が配線切れなどを点検していく。

点検は全部で二十分ほど掛かった。それをアリサはただ見ていたのだが、退屈はしなかった。

仮設用だから全く同じではないが、自分たちが普段使っているコートはこんな仕組みになっていたのかと興味深く見学していた。

彼女は数十年前の流行語で言う「リケジョ」、「理系女子」なのだろう。十文字家《じゅうもんじけ》に引き取られる前に目指していたのは獣医だが、生物学・医学系だけでなく工学系にも馴染《なじ》めるようだ。

勇人《ゆうと》が業者と職員に呼ばれた。

「終わったみたいね」

隣から明《めい》がアリサに話し掛ける。

勇人《ゆうと》が二人のところに戻ってきて「異常は無かったそうだ」と告げた。

「明日の午後、授業が終わった後に設営して、日曜日から使えるようになる」

そしてこう付け加えた。

「アリサ」

「はい」

勇人《ゆうと》がアリサの名を呼んだのは「いきなり」と形容されるタイミングだったが、何となく呼ばれるのではないかと雰囲気で察していたアリサは驚かなかった。

「九校戦の選手が決まるまではクラウド・ボール部で仮設コートを優先的に使用してもらって構わないことになっている。部長さんにそう伝えておいてくれないか」

「……それは曜日を問わずということでしょうか？」

「もちろん。そうじゃなかったらメリットが低下するだろう？」

クラウド・ボール部が使っている外部コートは、月単位で予約を入れて借りている。来月の活動日の分は既に料金を支払っているはずだ。自由に使って良いと言われても、従来の活動日である日曜、水曜、金曜だけだと確かにありがたみが薄れる。

逆に言えば、月、火、木、土曜日も練習できるとなれば、九校戦出場が決まっているアリサや初音《はつね》にとってはかなりありがたかった。

（その分、きつくなりそうだけど……）

チラリとそう考えつつ、アリサはお辞儀しながら「お伝えします」と勇人《ゆうと》に答えた。

◇　◇　◇

アリサの部活は日、水、金。

集まる。

茉莉花《まりか》の部活は全体練習が月、水、金。他の日は自主トレだが日曜日はいつも、ほぼ全員が

つまり放課後に二人の予定が共通で空いているのは火曜、木曜、土曜日。風紀委員会の当番はこのいずれかに割り当てられている。

風紀委員はアリサと茉莉花《まりか》を二人で一人と勘定して九人で、見回りも特別な時期以外は一人ずつの持ち回りだ。週六日を九人で順番に担当するとなると、土曜日に見回りをした次の当番は水曜日となり部活の日と重複してしまうのだが、実際の運用は異なる。

風紀委員の当番は、各人の都合に合わせて調整される。必ずしもローテーションどおりに順番が回ってくるというものではなく、二週間ごとにスケジュールを決める仕組みだ。

七月四日、期末試験直後の土曜日。アリサは一人で、風紀委員の見回りをしていた。

いつもは茉莉花《まりか》と一緒にする仕事をアリサだけでしているのは、明日がマーシャル・マジック・アーツ部の対抗戦の日だからだ。

今日は本来、剣術部と剣道部が合同で小体育館を使う日なのだが、急遽《きゅうきょ》来週の月曜日と順番を交換してマジック・アーツ部は三高との対戦に向けた最後の調整を行っていた。

この事情を知った風紀委員長の裏部《うらべ》亜季《あき》は、アリサも含めて当番をずらそうかと提案してくれた。しかしアリサたちは最初の期末試験ということで、ただでさえ試験前一週間の当番を免除されている。それは申し訳ないと、アリサは見回りを一人で引き受けたのだった。

亜季《あき》は「やってみなさい。きっと大丈夫だから」という感じでゴーサインを出したが、茉莉《まり》花《か》はかなり心配していた。

茉莉花《まりか》には「やっぱり部活を休もうか？」とすら言われたのだが、それではアリサの方が耐えられないほど心苦しい。かえって茉莉花《まりか》に背中を押される格好で、アリサは初めての単独巡回を経験中だった。

（ううっ、やっぱり心細い……）

校内を一人で歩くのが初めてというわけではない。周りには普通に、他の生徒もいる。人気《ひとけ》の無い場所というのも皆無ではないが、そんな所でも何処《どこ》からか同じ年頃の男女が作り出す喧《けん》噪《そう》が伝わってくる。

アリサをジワジワと蝕《むしば》むものは、お化け屋敷《やしき》的な不安感に近いかもしれない。

過去三ヶ月間の経験から校則違反者を取り締まっても実害が無いのは分かっている。風紀委員としての仕事をしていて、危ない目に遭ったことは無い。反抗的な態度を見せる生徒は皆無ではなかったが、最初から大事《おおごと》にするつもりは無いのだろう。こちらが毅《き》然《ぜん》と対応すればすぐに矛を収めてくれる。

それでも、風紀委員として取り締まらなければならないような場面に遭遇するのは嫌だった。作り物と分かっていても幽霊や妖怪なんて見たくないから、アリサはお化け屋敷《やしき》が好きではない。ただ断ると角が立つから誘われれば、嫌々だが入る。それと同じだ。

アリサにしてみれば、危ない目に遭わないならば良いではないか、というものではなかった。もちろん暴力を向けられるのも反抗的態度で威嚇されるのも嫌だ。しかしそれ以前に「取り締まる」「注意する」という行為自体に心理的抵抗が大きかった。

アリサは基本的に、他人がすることに口出ししたくないのだ。

風紀委員の立場上、魔法の使用制限に関する規則を破っている生徒を見付けたら放置はできない。だから、そういう場面には遭遇したくない。そう思ってビクビクしているのだった。

幸い、現在見回っている演習棟はこれまでのところ、どの教室もガラガラだった。試験終了直後だからだろうか。それならば部活で使っている生徒もいそうなものだが、実際には既に述べたとおりだ。

上の階から順番に見て回っていたアリサが一階の端、最後の部屋をのぞき込む。

そこは、無人ではなかった。

扉を開けた音で気が付いたのだろう。演習室備え付けの拳銃形態・特化型ＣＡＤを使って射撃の自主練をしていた生徒が手を止めて振り返った。

「十文字《じゅうもんじ》さん。風紀委員の見回り？」

「うん。唐橘《からたちばな》君は自主練なの？」

四人分の練習機器が置かれている演習室を一人で使っていたのは役《まもる》だった。

「試験が終わったばかりなのに。努力家だね」

アリサに褒められて、役《まもる》は照れ笑いを浮かべる。

「僕は実技が弱点だから。生まれにハンデがあるとは考えていないけど、だからこそ努力しなきゃと思ってる」

変に謙遜したり斜《はす》に構えたりしないのは美点だ、とアリサは感じた。

役《まもる》がハンデと言っているのは、家族や親族から指導を受けられないことを言っているのだろう。彼は「第一世代」。魔法因子が見られなかった血統から突然出現した魔法師だ。

魔法教育が受けられるのは高校生になってから。それが現代日本の制度だ。魔法科高校入学時点から、という正式なスタートラインが同じという意味では「第一世代」にハンデは無い。しかし多くの魔法師は、高校入学以前に家族や親類から魔法の手ほどきを受ける。それが実情だ。厳密に言えば法令違反だが、事実上黙認されている。

役《まもる》の言葉は現実から目を背けているのではなく、「第一世代」であることを言い訳にしないよう自分を奮い立たせる為《ため》のものだ。少なくともアリサにはそう感じられた。

「でも、何の練習をしているの？　一学期の復習でも二学期の予習でもないみたいだけど」

一年一学期の実技課題は加重・加速、移動・振動とその複合。二学期の課題は収束・発散、放出・吸収とその複合。

一年の一、二学期で基礎系統をしっかり終わらせて、三学期から応用に入るのが今の一高のカリキュラムになっている。応用に入る前に基礎系統に付随して魔法のパラメーター指定や終了条件なども学ぶが、練習機器のセッティングを見る限り役《まもる》が取り組んでいたトレーニングはそのどれにも当てはまらないように思われた。

「うん、課題じゃないよ。照準の練習」

「照準？　苦手なの？」

アリサの問い掛けに、役《まもる》が気恥ずかしげに目を逸《そ》らす。

「苦手じゃないよ。逆、と言うか……。何か一つセールスポイントになるものがあれば、実技にも自信を持てるようになるかなって」

「そうなんだ。間違ってないと思うよ」

アリサは当然、と言わんばかりの口調で即答した。

自分には無い確信が感じられるその言葉に役《まもる》がはにかみ、笑みを浮かべる。

「……そう言ってもらえると心強いよ」

「気休めじゃ無いからね？　特技は自信になるって、本当にそう思ってる」

「分かるよ」

少し向きになったアリサを、役《まもる》はそう言って宥《なだ》めた。

「どんな練習してたの？　見せてもらって良い？」

気を取り直したアリサが、一転してそんなリクエストをする。

「良《い》いけど……。何だか、恥ずかしいな」

そんな風に言いながら、役《まもる》はアリサが見ている前で訓練を再開した。

縦長の訓練ブースの奥に野球のボール大の光球が浮かび上がる。ミラージ・バットに使われているものと同じ空中投影技術によるものだ。

その光球にＣＡＤを向けて、役《まもる》が引き金の形をしたスイッチを指で引く。

光球に重なって空中放電の閃光《せんこう》が弾《はじ》けた。

光球が消える。

放電の威力は弱い。そのエネルギーによって空中映像が消えたのではない。

そもそも投影装置は別の場所にあるのだから、一時的に映像が乱されることはあっても放電が収まればすぐ元どおりになる。放電の三次元座標を観測し、光球の投映位置と重なり合っていればその映像を消すという設定だった。

空中放電の魔法は照準以外自動化されている。難易度は、一高に入学できるだけの魔法力があれば何回でも連続で発動できるレベルだ。この訓練プログラムは、照準の速度と精度に鍛錬目的が絞られていた。

「……唐橘《からたちばな》君。余計なお世話かもしれないけど」

後ろで彼の自主練を見ていたアリサが、光球が投映される合間を縫って躊躇《ためら》いがちに声を発した。

「何？」

邪魔されたとは微塵《みじん》も感じていない表情で役《まもる》が振り返る。

アリサもそれ以上、徒《いたずら》に恐縮しなかった。

「もう少し難易度を上げた方が良《い》いんじゃない？」

「えっ、そうかな？」

このアリサの指摘には、役《まもる》が意外感を露《あら》わにする。

「楽をしているつもりはないんだけど……」

「意識的に楽をしているつもりは無いのかもしれないけど……。今の水準だと、ポテンシャルが余っているように見えたよ」

役《まもる》が考え込む。

「具体的に、どうすれば良いと思う？」

ここまで断言するからには、自分には分かっていない根拠があるに違いないと役《まもる》は感じたのだ。

「一度に投映されるターゲットの数を増やすべきだと思う」

「……僕はまだ、マルチキャストはできないよ？」

光球を同時に複数投映するプログラムはマルチキャスト——複数魔法同時発動の訓練を想定したものだ。

「そのCADの放電術式なら連続発動も負担にはならないでしょう?」

既に述べたとおり、この訓練プログラムは照準の速度と正確性向上を目的とするもので、使用される魔法は発動が容易なものだ。連続で撃っても魔法演算領域に過剰な負荷を掛けるものではない。

「同時に投映された光球を次々に撃ち落としていけってこと?」

「できるでしょう?」

アリサの問い掛けには自信が感じられる。その口調と表情に「もしかして、知られている?」と役《まもる》は思った。

だからといって動揺はしなかった。あの能力は、別に隠していないし隠すべきものとも思っていない。魔法技能には直接関係が無いから口にしなかっただけだ。もし今の短い時間に自分でも使用の自覚が無かった能力を見抜いたのだとしたら、それは彼女の洞察力が優れているというだけのこと。役《まもる》としては「さすがだなぁ」と感心するだけだった。

「やってみるよ」

役《まもる》はアリサにそう応えて、訓練機器のコンソールを操作した。

設定を終えて、射撃ポジションにつく。

訓練開始のシグナルと共に、二個の光球が投映された。

続けざまに出現した空中放電が、それを(見掛け上)消滅させる。

次はいきなり四個だ。

しかしそれも二個の時とそれ程変わらない短時間で撃たれ、消された。

役《まもる》は順調にプログラムを消化していった。


「思ったとおりだったね！」

アリサが拍手しながら、弾んだ声で言う。

プログラムが終了し、機械の評価は「Ｂ」。五段階評価で上から二番目だった。

「何が？」

役《まもる》は純粋な興味でそう問い返した。

「唐橘《からたちばな》君、複数のターゲットが同時に見えているでしょう」

答えるアリサは断定口調だ。

役《まもる》は「やっぱりか」と思った。

「何で分かったの？」

アリサが指摘したとおり、役《まもる》には複数の光球が別々の映像として同時に見えていた。彼の意識の中では、ターゲットの光球がマルチモニターに一つ一つアップで映し出されているような視覚処理が行われていた。

「親にも打ち明けたことが無いんだけど」

彼が発揮した能力は魔法よりも五感外知覚《ESP》に分類されるものだった。障害物を越えて対象を複数の様々な角度から視認する異能だ。

「多分種類は違うけど、私にも似たような異能があるから」

アリサもまた遠隔視の異能を持っている。最初に気付いたのは中学一年生の冬、茉莉花《まりか》が克《かっ》人《と》に喧嘩《けんか》を吹っ掛けた時のことだ。彼女の能力は同時多角的なものではないが、肉眼を使わずに狙いを付けることができるという点では同じ。だから役《まもる》の訓練風景を見て、視覚系の異能を使っていると分かったのだ。

「十文字《じゅうもんじ》さんにも？　そうなんだ……」

「ねえ、唐橘《からたちばな》君にはどういう風に見えているの？」

「僕の能力は意識しないと働かないよ。普段はこの目で見えるようにしか見えない」

役《まもる》は自分の肉眼を指差しながらそう言った。

「それは私もだよ。意識して使っている時は？」

役《まもる》は「のぞきとかカンニングとかには使っていない」と予防線を張ったつもりだったが、アリサは端《はな》からそんなことは考えていなかった。だから二人の会話は、微妙に嚙《か》み合《あ》っていない。

自分の独り相撲に気付いた役《まもる》は、それ以上気を回しすぎるのは止めることにした。彼はアリサのリクエストに応えて、自分の異能がもたらす視界について説明した。

「……それって『マルチスコープ』じゃない？」

アリサが興奮気味の声で言う。

「マルチスコープ？ そんな名称なんだ」

役《まもる》は自分の異能の名前を知らなかった。積極的に活用する意思が無かったから、積極的に調べる程の興味を持たなかったのだ。

「うん。四代前の生徒会長の七草真由美《さえぐさまゆみ》先輩がマルチスコープの持ち主だっていう噂《うわさ》があるの。それと同じなんて凄《すご》いじゃない」

「そうかな……」

役《まもる》は良く分かっていない口調だ。真由美《まゆみ》の名前は彼も知っている。一高の有名な元生徒会長で、日本魔法界を代表する十師族《じゅっしぞく》・七草家《さえぐさけ》の長女。

だが役《まもる》は、それ以上詳しいことを知らなかった。魔法とは縁の無い環境で育った彼は、七草《さえぐさ》家《け》がどんな風に優れているのか、真由美《まゆみ》がどんな魔法師でどんな魔法を得意としているのか、そういったことをまるで知らない。当然、真由美《まゆみ》がマルチスコープをどういう風に役立てていたのかも。

だから「凄《すご》い」と言われても、全く実感が湧かなかった。

「唐橘《からたちばな》君、スピード・シューティングに出場したら良《い》い線行くかもね。新人戦で優勝を狙えるかもしれない」

役《まもる》にはマルチスコープとスピード・シューティングがどう関係するのかも分からない。

彼はアリサの興奮に、まるでついていけずにいた。

予定外の時間を役《まもる》とのお喋《しゃべ》りに使って、アリサは見回りを再開した。

その時間は、完全な無駄ではなかった。役《まもる》と別れた後、一人きりの心細さはかなり紛れていた。

演習棟の巡回を終えたアリサはグラウンドに足を運んだ。もう梅雨も明けるのか、今日で三日連続の晴れ空だ。元々水はけが良く造られているグラウンドに雨の痕跡は無い。

今日は陸上部の練習日のようだ。長距離ランナーがトラックを黙々と走っている。その内側ではスタートダッシュの練習を繰り返している部員や、投擲《とうてき》競技のフォームをチェックし合っている部員、高跳びや幅跳びの記録に一喜一憂している部員がいた。

走り高跳びのバーの手前で何度も足を上げてはそれを見ている部員に話し掛けている女子生徒は、踏切《ふみきり》のアドバイスをもらっているのだと思われる。

良く見ればその女子は、明《めい》だった。

生徒会の仕事に行ったはずの彼女が何故《なぜ》、とアリサが首を捻《ひね》っている視線の先で、明《めい》が助走の位置に付く。

最初の二歩はゆっくり、そこから一気にスピードを上げて、バーの手前で勢い良く踏み切る。

バーの上で、アーチを描く細い身体《からだ》。

その身体《からだ》が背中からマットに落ちると同時に、バーが震え出す。

一秒後、あるいはもっと短かったか。震えていたバーが落ちた。

明《めい》が両手でマットを叩《たた》いて悔しがる。

三度叩《たた》いて気が済んだのか、明《めい》はマットから降りた。

彼女はアドバイスをしていた女子生徒に頭を下げて、前庭の方へ、つまりアリサの方へ歩き出した。

悄然《しょうぜん》と肩を落としているように見えるのは、アリサの錯覚ではないだろう。

グラウンドから前庭に上る階段の手前でアリサの視線に気付いたのか、明《めい》が顔を上げた。

その怜悧《れいり》な美貌に狼狽《ろうばい》の色が浮かぶ。

アリサは彼女がメガネ——の形をした情報端末——を掛けていないのに、今更ながら気が付いた。その所為《せい》かいつもより可愛《かわい》く見える。普段は大人びている明《めい》だが、今は年相応か、中学生くらいのイメージだ。

動揺を見せたのは一瞬だった。明《めい》はすぐに強気な表情を取り繕う。俯《うつむ》き加減だった背筋を伸ばし笑みすら浮かべて、真《ま》っ直《す》ぐアリサのところまで上ってきた。

「風紀委員の巡回？」

明《めい》の方からアリサに話し掛ける。

「ええ。明《めい》は生徒会じゃなかったの？」

アリサは明《めい》が悔しがっていた姿には触れなかった。

「会長が一時間だけ時間をくれたのよ。しばらく部活ができなくなるからって」

明《めい》が昨日、九校戦の準備で生徒会が忙しくなるから？」

「九校戦の準備が本格化すると言っていたのをアリサは覚えていた。

「九校戦準備の為《ため》というのは間違いないんだけど……」

アリサの質問に答える明《めい》の口調は、彼女にしては珍しいくらい歯切れが悪かった。

「当分の間、グラウンドが使えなくなるから」

「えっ、何で？」

きょとんとした表情でアリサが訊《き》き返す。

明《めい》は小さくため息を吐いた。

「グラウンドに設営されるのは、クラウド・ボールのコートだけじゃないの」

「でも、ロアガンとかピラーズ・ブレイクの練習は演習林を使うんじゃなかったっけ？」

アリサが言う『ロアガン』は『ロアー・アンド・ガンナー』の略称で、『ピラーズ・ブレイク』は『アイス・ピラーズ・ブレイク』のことだ。どちらも去年に引き続き今年の九校戦でも実施される予定の競技だった。

「今年はシールド・ダウンの代わりにスピード・シューティングが採用されたでしょう」

「うん、覚えてるよ。クラウド・ボールと同じで四年ぶりの復活なんだよね？」

「復活というか……名称は同じだけど、半分は最早《もはや》別の競技ね」

「どういうこと？」

「他の競技と同じようにダブルスが導入されるんだけど、これが全く別物の競技形態なのよ。それだけならまだ良《い》いんだけど、シングルスは従来の形態で行われるから、それだけ練習場所を広く取らないといけなくて」

「そうなんだ……」

「明日、クラウド・ボールの仮設コートを建てるでしょ。それに合わせてスピード・シューティングの練習場も設置することになっているの。だからしばらく、陸上部だけじゃなくて他の部もグラウンドが使えなくなるわ」

説明を聞いて、アリサの顔に罪悪感が浮かんだ。九校戦と無関係なクラブは活動の場を狭められるのに対して、クラウド・ボール部は期間限定とはいえ新しいコートを与えられる。ここが魔法科高校で九校戦が全校的なイベントである以上、これは仕方が無いことかもしれない。

それでもアリサは、そう簡単に割り切れなかった。

「アリサが罪悪感を覚える必要は無いわ。九校戦は全校一丸となって取り組むものだから」

「……そうね」

明《めい》の励ましに、アリサは弱々しい笑みを浮かべた。

明《めい》と別れた後、アリサは演習林に足を向けた。

演習林を巡回するのはいつものパターンだが、グラウンドの視察を早々に切り上げたのは、やはり居心地が悪かったからだ。明《めい》は気にしなくても良いと言ってくれたしアリサ自身も理屈では罪悪感を覚える必要は無いと分かっている。だが感情は納得してくれなかった。

消化しきれないモヤモヤを胸に抱えながら、アリサは演習林に敷設《ふせつ》された遊歩道兼ランニングコースを奥へと歩んでいく。途中、遊歩道が枝分かれした先には各クラブの施設がある。彼女はその枝道の一つに足を進めた。

この先では山岳部が活動している。身に覚えがない噂《うわさ》を流されて前回の巡回では近付くのを避けたが、それはアリサより茉莉花《まりか》が気にした為《ため》だった。

アリサもあの噂《うわさ》は気にしていた。今でも気になっている。だが山岳部を避けるのは負けではないかとも思っていた。

彼女は他人と争うのが苦手だ。自分だけの都合で争いを避けられるなら不戦敗を選ぶし、途中で止められるなら負けでも良《い》いと思っている。

だが他人に負けるのは平気でも、不条理に負けるのは嫌だった。事実無根の噂《うわさ》を真に受けるような言動をした役《まもる》に対してヒステリックに反応してしまったのも、自分でははっきりと自覚していなかったが、無責任な噂《うわさ》に振り回される不条理が我慢できなかったからだった。

必ずしも必要でない山岳部への寄り道は「自分は噂《うわさ》なんかに振り回されない」という意地が

反映したものだった。

期末試験を経て、既にアリサと浄偉《じょうい》が付き合っているという噂《うわさ》は沈静化していた。

アリサも意識はしていない。しかし心の奥底には、まだ引っ掛かっているのだった。

枝道は途中から舗装が無くなり、土を均《なら》しただけのものになった。

頭上には枝が張り出し、七月という季節柄、葉が密を成している。御蔭《おかげ》で日差しは遮られており、余り紫外線に強くないアリサにはありがたかった。

ただむき出しの土を圧《お》し固めて作った道が梅雨の長雨を含んで少し緩んでいる。思い掛けない泥濘《ぬかるみ》に足を取られないよう、アリサは足下に注意しながら進んだ。

意識が靴先に向いているから、上への警戒は薄れている。いや、仮にここが舗装された道であっても、常人は頭上に注意を向けないだろう。普通に生活している人間にとって頭上は死角だ。

「きゃあっ！」

——だから突如降ってきた人影にアリサが悲鳴を上げたのは、当然の反応だった。

「ぐぶっ！」

アリサが反射的に対物シールドを展開してその人影を跳ね飛ばしてしまったのは、当然とも普通とも言えないが。

「……火狩《かがり》君？　大丈夫っ⁉」

反射的に閉じていた目を恐る恐る開けて前方に顔を向けたアリサは、赤土がむき出しの地面に転がっている浄偉《じょうい》の姿を認めて、慌ててシールドを解除し彼の許《もと》に駆け寄った。

「痛《いて》……」

浄偉《じょうい》は幸い脳震盪《のうしんとう》を起こしてもおらず、アリサの手を借りるまでもなく駆け寄った彼女の前で立ち上がった。

「ごめんなさい！　怪我《けが》は無い？」

「大丈夫。軽い打ち身だけで怪我《けが》は無いよ」

「本当にごめんなさい……」

「いや、俺の方こそ驚かせて悪かった。まさか下に人がいるとは思わなかったんだ。確認もせずに飛び降りた俺が悪い」

アリサはそれ以上謝罪を口にしなかったが、表情は罪悪感で埋め尽くされていた。

浄偉《じょうい》は浄偉《じょうい》で自分が一方的に悪かったと考えているので、アリサにこんな顔をさせておくのは忍びない。

「……それにしてもさすがだね」

彼はカラッとした口調で話題を変えた。

「えっ、何が？」

思い掛けないセリフに、アリサの意識が意外感に上書きされる。

「咄嗟《とっさ》のことなのに、あんなに完全な魔法シールドが張れるなんて。幾ら思考操作型でも、CADから起動式を出力している余裕は無かったと思うけど」

浄偉《じょうい》が話題を変えたのはアリサの表情を見た上での意識的なことだが、感嘆の口調は意識したものではなかった。

「十文字《じゅうもんじ》さんも機器の補助無しに魔法を発動できるよう訓練してるの？」

浄偉《じょうい》は登山・登壁中の不意の滑落事故などに備えて、何時《いつ》でも魔法を発動できるようトレーニングしていると以前語ったことがある。彼が想定している緊急事態には、CADが使えないような状況も含まれていた。

「そういうわけじゃないんだけど……」

アリサが口を濁したのは、技術や訓練を隠しているからではなかった。彼女は何故《なぜ》か、最初から反射的にシールド魔法を展開することができていた。理由は未《いま》だに、はっきりしない。

十文字家《じゅうもんじけ》では、この特異な技術という意味での特技はアリサにとって武器ではなく是正すべき欠点と認識されている。何故《なぜ》なら反射的に魔法を発動するということは、魔法をコントロールできていないということでもあるからだ。

魔法に限らず意識でコントロールされていない力は、限界を容易に超えてしまう。肉体であれば筋断裂や骨折、血管破裂。魔法であれば魔法演算領域のオーバーヒートと結び付く。

アリサにしてみれば、褒められても「やってしまった……」としか思えないのであった。

「それより、火狩《かがり》君は何をしていたの？　木登り？」

アリサが露骨に話題を変える。

浄偉《じょうい》は彼女が避けたがっているのを察して、同じ話を引きずるような真似《まね》はしなかった。

「木登りには違いないけど、それが目的じゃないよ」

苦笑交じりでアリサの質問に答える。

「まだ正式決定じゃないけど、新人戦モノリス・コードの選手に選ばれたんだ」

「凄《すご》いじゃない！　おめでとう」

モノリス・コードは本戦・新人戦共に、各校エース格を投入してくる競技だ。この競技の選手に選ばれるのはそういう意味になる。

「ありがとう。それでチーム練習の前に自主トレをしておこうと思って」

アリサのような美少女から称賛を受けるのはやはり面映《おもはゆ》いと見えて、浄偉《じょうい》は少し照れ臭そうにしていた。

「気合い十分だね。私も見習わなくちゃ。……でもそれでどうして木登り？」

モノリス・コードと木登りの関係が分からず、アリサが小首を傾《かし》げる。

「モノリス・コードには五つのステージがあって、その内の一つは森林ステージなんだ」

「うん、知ってる」

モノリス・コードは岩場、草原、渓谷、市街地、そして森林の五種類のステージで行われる。

これは九校戦だけでなく、大学の競技会やオープン大会でも採用されている共通のルールだ。

モノリス・コードは魔法競技の中ではポピュラーな種目であり、十師族《じゅっしぞく》の一員になったアリサが知っているのは当然に近い。

「森林ステージでは、樹上を有効に活用するのも効果的な戦術だから」

森林ステージで樹上を移動して有利なポジションを確保する戦い方は一高OBの司波達也《しばたつや》、四高OBの黒羽文弥《くろばふみや》が代表例として各校の研究対象になっていた。

「だから木登りなんだ……」

「登るだけじゃなくて、枝から枝に跳び移る練習もしていたんだ」

「へぇ……、何だか忍者みたいね」

「四高OBの黒羽文弥《くろばふみや》選手の戦い方が、まさに『忍者戦術』って呼ばれていたよ」

そう言って浄偉《じょうい》が苦笑いを浮かべる。

「……さっきはそれをしくじって落ちたんだけど」

「そうなの？　その……、気を付けてね」

ここで「頑張ってね」ではなく「気を付けてね」と言うあたりに、アリサのパーソナリティが表れている。

「ありがとう、気を付けるよ。ところで十文字《じゅうもんじ》さんは風紀委員の見回り？　山岳部《うち》の連中、今は演習林のあちこちに散って好き勝手なことをやっているから、いつもの場所にはいないよ」

浄偉《じょうい》のセリフはアリサに対する親切か、それとも何か良からぬ真似《まね》をしている仲間をかばっているのか。

「ううん、良《い》いの」

そう言って元来た方に引き返したアリサは、本当にどちらでも良さそうな顔をしていた。

◇　◇　◇

風紀委員会本部で巡回の報告を終えて、アリサは小体育館に足を向けた。

マジック・アーツ部は明日試合だから、茉莉花《まりか》も他の部員も閉門ギリギリまで練習して疲れを残すようなことは避けるはずだ。もしかしたらもう、着替えて迎えに来るのを待っているかもしれない。

——そう考えていたアリサの予想は外れた。

「もう一本お願いします！」

アリサが扉を開けるのと同時に、茉莉花《まりか》の声が耳に飛び込んできた。

邪魔にならないよう、アリサはフロアではなく観戦用のギャラリーに上がる。

フロアでは茉莉花《まりか》が部長の千香《ちか》と打ち合っていた。

目まぐるしく近付き、離れ、二人のポジションが入れ替わる。

蹴りが相討ちになった直後、千香《ちか》が茉莉花《まりか》の懐《ふところ》に飛び込んだ。

頭を下げた状態から繰り出す、千香《ちか》のボディフック。

その拳に表れている放出系魔法の兆候にアリサは気付いた。

思わず「危ない」と叫びそうになる。

しかしそれが言葉になるより早く、千香《ちか》の拳は茉莉花《まりか》のボディを捕らえた——かに見えた。

(……すごい。ちゃんと防御している)

アリサは見た。

茉莉花《まりか》の魔法シールドが、千香《ちか》の電撃魔法を防ぎ止めている。今のを見る限り、旧第十研でも練習した電撃対策を茉莉花《まりか》はものにしていた。

「はい、そこまで」

勝負は付いていないが、男子部部長の千種《ちぐさ》が制止を掛ける。

茉莉花《まりか》にも千香《ちか》にも、不満の色は見られない。

どうやら電撃魔法対策の為《ため》だけの組手だったようだ。

(そうよね……)

幾ら何でも試合前日に無茶なスパーリングはしないだろう。そう考えて、アリサは自分の勘違いが恥ずかしくなった。

「アーシャ！」

アリサが軽い自己嫌悪《けんお》に沈んでいる間に、茉莉花《まりか》が彼女に気付いた。手を振っている茉莉花《まりか》に、アリサも手を振り返す。そしてジェスチャーで「そっちに行くから」と伝えて、アリサはギャラリーから降りる階段へ向かった。

◇　◇　◇

あの後、さらにハードなスパーリングが続くなどというどんでん返しもなく、アリサと茉莉《まり》花《か》は帰宅の個型電車《キャビネット》にいつもどおり並んで乗っていた。

「……ところでミーナ、明日は何時《なんじ》にマンションを出るの？」

風紀委員会の見回りは一人で大丈夫だったかと、やたら心配する親友を何とか宥《なだ》めて、アリサは茉莉花《まりか》に明日の予定を訊《たず》ねた。

「学校に九時集合だから、少し余裕を見て八時くらいの個型電車《キャビネット》に乗るつもり」

「八時か。ねっ、一緒に行っても良い？」

「えっ、応援に来てくれるの？」

茉莉花《まりか》が大袈裟《おおげさ》に目を丸くする。その反応に、むしろアリサの方が驚いた。

「……ダメなの？」

「ううん！」

ブンブンと音がしそうな勢いで茉莉花《まりか》が首を左右に振る。

「でも、クラウド・ボールの練習があるんじゃないの？」

アリサは九校戦の選手に選ばれている。その練習をしなければならないはずだ。

「月曜日から頑張れば良いよ。その為《ため》にコートを増やしてもらえるんだし」

他のクラブに我慢をしてもらうのだから、その分頑張らなければならない。――そういう気持ちはアリサにもある。だが彼女の中での優先順位は、茉莉花《まりか》の応援に行く方が上だった。

［8］激突する乙女たち

八王子《はちおうじ》の「第一高校前」駅で個型電車《キャビネット》に乗り、そのまま都市間長距離列車『トレーラー』に個型電車《キャビネット》ごと乗り込む。ちょっとした時間差でトレーラー二本に分乗することになったが、一高マーシャル・マジック・アーツ部のメンバーは七月五日正午前、金沢《かなざわ》駅で再合流した。なおその中には応援の生徒四人が含まれていた。アリサはその内の一人である。

「でも誘酔《いざよい》先輩までいらっしゃるとは思いませんでした」

茉莉花《まりか》が言ったように、早馬《そうま》も応援に付いてきた一人だった。

「勇人《ゆうと》が生徒会の仕事で来られなかったから、彼の代わりにジョナサン――いや、高村《たかむら》の応援に来たんだ」

「高村《たかむら》先輩の？」

「同じクラスだからね」

高村《たかむら》というのはフルネームを『高村常三《たかむらつねみ》』といい、『ジョナサン』というのはあだ名だ。今回の男子代表五人の中に男子では三年生以外でただ一人入っている。早馬《そうま》が言うとおり、高村《たかむら》も二年A組である。

どうやら茉莉花《まりか》と早馬《そうま》の会話が聞こえていたらしく「おいおい早馬《そうま》。代理ってことは、本当は来なかったつもりだったのかよ。そりゃないぜ」という声が高村《たかむら》本人から飛んできた。

ただこうして高村《たかむら》と離れて歩いているところから見て、特別に親しい間柄でもないようだ。少なくとも茉莉花《まりか》はそう感じた。

「先輩、意外に付き合いが良《い》いんですね」

まるで信じていない口調で茉莉花《まりか》は言った。

早馬《そうま》は薄らと笑うだけで、何も言葉を返さなかった。

茉莉花《まりか》と早馬《そうま》の会話を聞いていたアリサは、非友好的な雰囲気を醸《かも》し出《だ》し始めた二人から顔を背けた。


一高生たちと引率の顧問教師はトレーラーの中で早めの昼食を済ませている。彼らは駅を降りてすぐ、マイクロバスサイズの大型コミューターに乗り込んだ。金沢《かなざわ》市内の移動の為《ため》に、あらかじめ予約しておいた物だ。

貸切《かしきり》ロボットバスで彼らが三高に着いたのは午後零時半。すぐに三高マジック・アーツ部の部長が顧問と共に出迎えに来た。対抗戦開始の予定時刻は午後二時。一高生は一休みするのではなくそのまま更衣室に案内してもらって、念入りなアップを始めた。

◇　◇　◇

試合開始時間になり、アリサは武道場のギャラリーに移動した。

「広いんですね……」

三高の武道場は、一高の第二小体育館と構造はほとんど同じだがサイズが二倍前後ある。一高でいえば、講堂とほぼ同じ大きさだ。

「第三高校のモットーは『尚武の三高』。戦闘用魔法と同じくらい武道教育に力を入れているんだ」

アリサの呟《つぶや》きに応えたのは、彼女の隣に立つ早馬《そうま》だ。アリサを含めた応援の生徒四人の内、二人は彼女が知らない先輩だった。一人は男子、一人は女子だが、どうやらこの二人はカップルみたいで邪魔をするのが憚《はばか》られる。それに二人のお目当ては男子の試合だ。消去法で、アリサは委員会の先輩である早馬《そうま》と隣り合って観戦することになったのだった。

十分な広さがあるから、男子と女子は同時に試合が進められる。

女子の先鋒《せんぽう》は、茉莉花《まりか》ではなかった。

「遠上《とおかみ》さんは副将か」

「四試合目ですね……」

今回は五対五のチーム戦。勝ち抜き戦と違って、副将は必ず四試合目に登場する。

マーシャル・マジック・アーツの平均的な試合時間は四分前後。だが長ければ十分近くに及ぶと、アリサは茉莉花《まりか》から聞いている。茉莉花《まりか》の試合まで、場合によっては三十分近い時間があるということになる。

「先輩、ご友人の応援に行かなくても良いんですか？」

アリサは男子のマットの方を見ながら早馬《そうま》に話し掛けた。

座っている順番からして、早馬《そうま》のクラスメイトの高村《たかむら》は次鋒《じほう》。つまり第二試合だ。

平均試合時間が四分前後といっても格闘技だから、第一試合がすぐに決着する可能性もある。

念の為《ため》に、男子のマットに近い位置へ移動しておいた方が良い《い》のでは？　と思ったのだ。

「大丈夫。ここからでも応援できるから」

「……先輩。態々金沢《わざわざかなざわ》まで何をしに来たんですか？」

横目で早馬《そうま》を見るアリサの、視線の温度が下がっていた。

「もちろん、クラスメイトの応援だけど」

「……そうですよね」

心の中で「白々しいのでは？」とアリサは呟《つぶや》いた。だが、もちろんそんなセリフは口にしなかった。

◇◇◇

先鋒《せんぽう》の試合が始まれば、アリサには早馬《そうま》に呆《あき》れている余裕が無くなった。

「――っ」

パンチやキックがお互いの身体《からだ》に決まる度《たび》に、アリサは思わず身を固くして、息を詰めてしまう。クリーンヒットには反射的に目を背けてしまうこともあった。

「……無理しない方が良《い》いんじゃない？」

アリサの辛《つら》そうな様子は、隣にいる早馬《そうま》に筒抜けだった。本人に隠す余裕が無いのだから当然かもしれない。仮に早馬が観戦に集中していたとしても、アリサの拒否反応に気付くのは難しくなかっただろう。

「いえ、このくらいならまだ。今の内に慣れておかないといけませんから」

「確かに、もっと激しい試合になるだろうけど」

二人が激戦を予想しているのは、言うまでもなく茉莉花《まりか》の試合だ。

相手は一条茜《いちじょうあかね》。

実を言えば当初のメンバー表では、茉莉花《まりか》は先鋒《せんぽう》だった。だが三高のメンバー表を見て、部長の千香《ちか》が変更を申し入れてくれたのだ。

その申し入れは三高に、スムーズに受《う》け容《い》れられた。

対戦を望んでいたのは、茉莉花《まりか》だけではなかった。茜《あかね》も、茉莉花《まりか》との対戦を望んでいた。二人の希望が合致した結果、茉莉花《まりか》と茜《あかね》の副将戦が実現したのだった。

「ミーナの試合だけは、しっかり見ておきたいですから」

強がりではあるが、それはアリサの本心《い》だった。

「……だったら尚更《なおさら》、無理しない方が良いよ」

セリフの内容に反して、早馬《そうま》の語調には強さが無かった。

アリサにとって幸いなことに、茉莉花《まりか》の試合までそれ程時間は掛からなかった。三試合で十分間弱。交代の時間を考えれば、一試合平均して三分を切っている。それだけアリサが苦手な暴力に耐《い》えなければならない時間も短くて済んだ。

ここまで一高の二勝一敗。一高リードで茉莉花《まりか》の試合だ。

茉莉花《まりか》と茜《あかね》が立ち上がり、マットの中央に進む。

「遠上《とおかみ》さんが勝てばチーム戦は一高の勝ち、負ければイーブンか……」

「勝って欲しいです」

両手で手摺《てす》りを摑《つか》み、茜《あかね》と向かい合う茉莉花《まりか》を見詰めながらアリサが言う。

「おやっ？」という表情で早馬《そうま》が隣のアリサを見た。

「勝ちます、とは言わないんだ」

アリサが早馬《そうま》に一瞬だけ目を向ける。

「強敵だと、ミーナに聞いていますから」

彼女はすぐにマットへ視線を戻してそう答えた。

「そうだね」

早馬《そうま》の相槌《あいづち》と同時に、試合が始まった。


始まりの合図を待ってマットの中央で向かい合う茉莉花《まりか》と茜《あかね》は、どちらも闘志を露《あら》わにした目で相手を見ていた。二人とも戦いを待ちかねているような顔をしていた。

しかし二人の試合の、立ち上がりは静かだった。

共に右構えのアップライトスタイル。

二人とも右に左に弧を描きながら、相手の出方を窺《うかが》っている。

男子のマットには声援が飛び交っていた。戦っている二人の苦しげな呻《うめ》き声と、互いの肉を打つ音まで聞こえていた。

だが茉莉花《まりか》たちの試合を見守る生徒からの、声援は無い。ヤジも無い。

試合を控える大将も、試合を終えた選手も、試合に選ばれなかった部員も、観戦に来ている三高生も。

アリサと同じように無言で、固唾《かたず》を飲んでマット上の二人を見詰めていた。

「同じような動きでも、中身は対照的だ」

ただ一人、早馬《そうま》だけが声を出していた。

「圧力を高めて身体《からだ》の末端にまで行き渡った遠上《とおかみ》さんの想子《サイオン》は、手足の先から今にもあふれ出しそうだ。それに対して一条《いちじょう》選手の想子《サイオン》は、身体《からだ》の芯でどんどんと鋭く研ぎ澄まされている」

「………」

囁《ささや》くような早馬《そうま》の声は、アリサの耳に届いていた。

だがアリサは何も言わない。

相槌《あいづち》も質問も口にしないし、「黙って」とも言わなかった。

「そろそろ動くな」

早馬《そうま》が呟《つぶや》いた直後、膠着《こうちゃく》していた試合が動いた。

茜《あかね》がジャブを放つ。

軽い、牽制《けんせい》のような左のリードブロー。

茉莉花《まりか》は身体《からだ》を振ってジャブを躱《かわ》しながら踏み込み、スピード重視の右ストレートを放つ。

茜《あかね》はバックステップしながら前蹴りを放った。

パンチを打ち込みながらアップライトな体勢を保っていた茉莉花《まりか》は、茜《あかね》の蹴りを左腕でガードした。

蹴りの反動で茜《あかね》がさらに後退し、両者の間合いが開く。

試合は再び、睨《にら》み合《あ》いとなった。

今度は茉莉花《まりか》が仕掛けた。

いきなり茜《あかね》の足下目掛けて、足から滑り込む。いや、マットすれすれで滑空する。

通常の格闘技では見られない動きだ。

サイドステップで避ける茜《あかね》。

片手を突き、それを支点にして茉莉花《まりか》の身体《からだ》が水平に回る。直線運動から円運動への、人体の構造と物理法則からはあり得ない動き。魔法だけが可能にする技で、茉莉花《まりか》は茜《あかね》の足を払う下段蹴りを繰り出した。

茜《あかね》は軽やかに跳び上がった。

茉莉花《まりか》の蹴りを躱《かわ》した後、茜《あかね》の身体《からだ》は自由落下を超える速度で斜めに落下する。着地地点は茉莉花《まりか》の腰——が、直前まであった所だ。

茉莉花《まりか》は鞍馬《あんば》のように手で移動しながら旋回して茜《あかね》の踏み付けを躱《かわ》す。

身体《からだ》を跳ね上げて倒立する。

顎を突き上げる茉莉花《まりか》の蹴りを、茜《あかね》は仰《の》け反《ぞ》って躱《かわ》した。

そのまま後方宙返り。茜《あかね》はマットに足をつけずにもう一度跳び退《すさ》って、大きく距離を取る。

三度《みたび》、睨《にら》み合《あ》いが生じた。

「長い試合になりそうだな……」

ギャラリーで早馬《そうま》が呟《つぶや》く。

その声で金縛りが解けたのか、アリサが詰めていた息を吐き出す。

彼女は忙しく息を継ぎながら、両手で手摺《てす》りをギュッと強く握った。

アリサは無言で茉莉花《まりか》を、そして彼女の視線の先にある茜《あかね》を見詰めた。

茉莉花《まりか》も茜《あかね》も、止まっているように見えて止まっていない。

先程までの弧を描く軽快なフットワークとは対照的に、二人は少しずつ、少しずつ、センチメートル単位で間合いを詰めていた。ソフトシューズを履いているから分《わ》かり難《にく》いが、柔らかいソールをわずかに撓《たわ》ませ足の指でマットを摑《つか》むようにして膝をほとんど使わず相手に近付いている。『含み足』と呼ばれる技法に近い。

身長は茉莉花《まりか》が百六十センチ、茜《あかね》が百五十五センチ。身長差に応じてリーチも茉莉花《まりか》の方が長い。同じように距離を詰めていけば、間合いに入るのは茉莉花《まりか》が先だ。

だが、先に仕掛けたのは茜《あかね》だった。

茉莉花《まりか》の間合いに入る直前、茜《あかね》は大きく前に踏み切った。

その勢いのまま順突きを繰り出す。飛び込み突きというより、大陸流の箭疾歩《せんしっぽ》に近い。実際、これは茜《あかね》がレイラから習った技だ。

未知の技術を使った奇襲に茉莉花《まりか》の対応が遅れる。魔法を使ったダッシュならありふれていると言える戦法だが、魔法を使わなかったことで茉莉花《まりか》の意表を突いた。

後ろにも左右にも茜《あかね》の突きを躱《かわ》せず、茉莉花《まりか》は腕のガードで受ける。

着地した茜《あかね》がさらに接近する。

密着状態から茜《あかね》がボディへのショートフックを繰り出す。その裏で彼女は、弱く素早い魔法を組み上げていた。

「あっ！」

アリサの口から小さな声が漏れる。

茜《あかね》が発動しようとしている放出系魔法を、アリサの「眼《め》」は認めた。

魔法師なら誰もが持つ、想子《サイオン》情報体を知覚する力。十文字家《じゅうもんじけ》で受けた教えによってアリサの魔法的知覚力は、特に他者が紡《つむ》ぎ出す魔法を感知する面において著しい成長を遂げている。

規模は小さく、電流、電圧、共に低い。だが事象を改変する干渉力は強い。電撃魔法でありながら、電流を作り出すことよりも電気を作用させることに重きを置いた魔法だ。

きっとこれが『神経攪乱《しんけいこうらん》』。

魔法的な抵抗力を持つ人体に電撃魔法を作用させる為《ため》の、通常の電撃魔法とは事象干渉力の配分を変えた特殊な術式。――アリサはそう思った。

茜《あかね》の魔法が発動する。

アリサは思わず目を閉じた。

だが彼女は瞼《まぶた》を下ろした状態で、肉眼以外の「眼《め》」で、茜《あかね》が放った電撃を茉莉花《まりか》のシールドが防ぎ止めたのを「視《み》」た。

アリサが目を開ける。

「上手《うま》いな」

隣では早馬《そうま》がそう呟《つぶや》いている。

茉莉花《まりか》がショートフックを繰り出した茜《あかね》の左腕を右手で摑《つか》み、自分の左腕を肘と脇の間に差し込むようにして絡《から》めにいった。

茜《あかね》のショートフックを捕まえた茉莉花《まりか》は、腕を絡《から》めて関節技に持ち込もうとする。

茜《あかね》が自分の肩を軸にして後ろ向きに回った。

存在しない鉄棒を使った逆上がり。言うまでも無く魔法だ。

その回転で左腕を抜き、空中で茉莉花《まりか》の後頭部を脛《すね》で狙う。

『延髄切り』とも俗称される回し蹴りを、茉莉花《まりか》はダッキングで躱《かわ》した。

上半身を前に倒した状態のまま、茉莉花《まりか》がマットを蹴る。

空中で前転し、その勢いで宙に浮いたままの茜《あかね》に踵《かかと》を打ち込む。

茜《あかね》の身体《からだ》が羽のように空中を流れた。慣性を中和することでダメージを殺したのだ。

前転した茉莉花《まりか》がマットに立ち、茜《あかね》がマットの端に着地する。

攻守が目まぐるしく入れ替わった空中戦に、歓声が湧いた。


「驚いたな。魔法のテクニックで互角に渡り合うとは……」

「予想外だった」という驚きのこもった呟《つぶや》きを早馬《そうま》が漏らす。

アリサが横目で、物問いたげな視線を彼に向けた。

「あっ、いや、遠上《とおかみ》さんの魔法テクニックが僕の予想を超えていたって意味だよ」

早馬《そうま》が言い訳じみた口調で視線の問い掛けに答える。

「十師族《じゅっしぞく》の直系で幼い頃から魔法の英才教育を受けているに違いない一条茜《いちじょうあかね》と、魔法の技巧で対等に渡り合うなんて、本当に驚いた」

「努力していますから」

そう言ってアリサは、マットへ目を戻した。

茉莉花《まりか》と茜《あかね》の試合は一気に激しさを増した。

お互いに相手の出方を窺《うかが》っていた慎重な試合展開が嘘《うそ》のような、激しい乱打戦。

スピードは茜《あかね》が上回っているようだ。

茉莉花《まりか》はスピーディなパンチとキックのコンビネーションを得意としているのだが、茜《あかね》の手数は彼女よりさらに多い。

一方で、一発一発の威力は茉莉花《まりか》が勝っている。

これは単に体格の違いだけでなく、両者の打法の違いを反映していた。

パンチもキックもしっかり踏み込んで繰り出す茉莉花《まりか》。

これに対して茜《あかね》は、繋《つな》がりを重視している。一打一打の威力を犠牲にしてでも、滑らかなコンビネーションを完成させている。

茜《あかね》の動きは、不自然な程に速かった。

「おかしい」

歓声も悲鳴も声援も全て呑《の》み込み、まるで感想を言葉にすることを恐れているかの如《ごと》く静かに観戦していたアリサが不意にそう漏らした。

早馬《そうま》がアリサへ振り向く。

しかしアリサはその視線に気付いていない。

「あのタイミング、緋色《ひいろ》さんと同じ……？」

完全な独り言として、アリサはそう続けた。

アリサが何を言いたいのか、早馬《そうま》に解説は不要だった。

茜《あかね》が茉莉花《まりか》の攻撃に反応するタイミングの異常性は、彼も先程から気付いていた。

茜《あかね》は茉莉花《まりか》が攻撃を繰り出すのと同時に防御を始めている。

人間の知覚システムがタイムラグを必然のものとする以上、これは本来あり得ない。

予備動作を読み取ってそれに対応しているのだとしても、知覚し、認識し、行動するタイムラグは必ず発生する。予備動作が発生した段階で攻撃側は行動を開始しているのだから、防御が同時になることはあり得ないはずなのだ。

限りなく同時に近付けることはできても、同時にはできない。

そのからくりも早馬《そうま》には分かっていた。彼は元老院《げんろういんし》四大老《だいろう》の側近として、「一」から「三」、「五」から「十」の魔法師が秘匿する魔法技能を全て知っていた。

一条茜《いちじょうあかね》の反応速度の秘密は一色家《いっしきけ》一門の秘匿魔法『電光石火《でんこうせっか》』。外界の刺激によって感覚器に生じた電位変化を、末端から中枢までの神経網を使わずに直接認識する。脳が下した命令を、神経網を使わずに電気信号として直接筋肉に届ける。

この感覚神経と運動神経をショートカットする魔法、いや、異能が不可能なはずの同時反応を可能にしている。

――やはり一条茜《いちじょうあかね》は兄の一条将輝《いちじょうまさき》と違って、一色家《いっしきけ》の血を色濃く受け継いでいるようだ。

早馬《そうま》は、そう思った。

二人の戦いをボクシングやムエタイの試合として見るなら、手数で茜《あかね》が押していると評価する者が多いだろう。ボクシング流の採点制度が採用されていれば、茜《あかね》がリードしているはずだ。

だが茉莉花《まりか》にダメージは無い。瞬間的に発動させては解除する魔法装甲で茜《あかね》の打撃を無力化している。ダメージはむしろ、茜《あかね》に蓄積していた。

茉莉花《まりか》の打撃はガードの上から茜《あかね》にダメージを与えていた。

この状況を最も良く把握しているのは、一方の当事者である茜《あかね》だった。

自分が繰り出す打撃は魔法の装甲に防ぎ止められて、敵の肉体に届いていない。『神経攪乱《しんけいこうらん》』も魔法シールドに阻《はば》まれて効力を発揮できていない。

自分の勝ちパターンが全く通用していない。――そんな焦《あせ》りが茜《あかね》の心を蝕《むしば》み始めていた。

それが隙につながったのか。

茜《あかね》が強めの『神経攪乱《しんけいこうらん》』を乗せたパンチを繰り出した直後。

彼女は茉莉花《まりか》にがっちりと捕まっていた。

茜《あかね》は典型的なストライカータイプ。寝技は苦手だし、立ち技でも投げ技はともかくサブミッションは不得意だ。

これは戦術的選択の結果。小柄な体格のハンデを克服するより、体格差がハンデにならない戦い方を彼女は選んだ。

普通の相手なら、組み付かれても『神経攪乱《しんけいこうらん》』を使って相手の身体《からだ》を一瞬麻痺《まひ》させ、その隙に抜け出すことができる。だが現在対戦している遠上茉莉花《とおかみまりか》は、普通の相手ではなかった。

『神経攪乱《しんけいこうらん》』を使っても、魔法シールドで防がれてしまう。

魔法で麻痺《まひ》させる脱出法が使えない。

茜《あかね》の意識を「まずい！」という狼狽《ろうばい》が襲った。

練習の成果が出ている――茉莉花《まりか》はそんな手応えを感じていた。

今のところリアクティブ・アーマーのオン・オフは我ながら出来過ぎなくらい上手《うま》く行っている。対電磁波シールドの顕在化も、相手の攻撃を封じ込めるスピードでやれている実感がある。

もしかしたら相性が良《い》いのかもしれない。一条茜《いちじょうあかね》のファイトスタイルは基本的にヒット&アウェイだ。

スピードは残念ながら負けている。

向こうもスピードには自信があるのだろう。リスクを取って深追いするのではなく、手数で確実にダメージを稼ぐ。そんな戦い方をしている。

あるいは組み技を苦手としているのかもしれない。こちらに捕まるのを避けているような素振りが見られる。

もちろん、気を抜くことなど一瞬もできない。一条茜《いちじょうあかね》のパンチは回転が速く、キックは鋭い。まさか、というタイミングで襲い掛かってくる。個体装甲魔法が無ければとっくにダウンさせられていた。

電撃魔法は、ほとんど同時に防いでいるとはいえユニフォームの薄い生地を徹《とお》して皮膚をしびれさせている。多分、完全なシャットアウトはできていない。

薄いユニフォームは電撃に対してほとんど役に立たないが、プロテクターは防御効果があるようだ。魔法シールドに頼るだけでなく、相手の打撃はできる限り前腕や脛《すね》のプロテクターで受けるようにしなければならない。

しかしそれでも、自分より相手の方がダメージを蓄積させている。

茉莉花《まりか》はそう感じていた。

この認識は自分だけのものではない、とも感じていた。

焦《あせ》りが伝わってくるのだ。

目の前の、この強敵から。

その焦《あせ》りの故か。丁寧に組み立てられていた敵のコンビネーションに乱れが生じた。

調和の取れたメロディーラインの中に、突如脈絡の無いフォルテが打ち鳴らされた――。そんな、一条茜《いちじょうあかね》の技としては異質な、強く踏み込み体重を乗せたボディアッパー。

体重を乗せたが為《ため》に一瞬訪れる停滞。

打撃に威力を持たせるにしても、魔法を使えば生じなかった隙だ。意識して魔法を使うのではなく意識せずに体術を使ってしまったのだろう。

(ここ！)

茉莉花《まりか》はボディアッパーを個体装甲で受け止め、同時に対電磁波シールドを顕在化させて電気ショックを最小限に抑える。

アッパーを打ち終わった相手の身体《からだ》を上からがっちりと抱え込む。

両手で首と腕をロックする。

投げ技で相手の体勢を崩し、立ったままの絞め技に移行する。

(このまま決める！)

この体勢ではお互いに、有効なパンチもキックも出せない。

茉莉花《まりか》は茜《あかね》の魔法攻撃に備えて対電磁波シールドと対衝撃シールド、対振動シールドを同時発動した。

そのまま茜《あかね》を締め上げる。

茜《あかね》の腕が茉莉花《まりか》の脇に宛《あて》がわれた。

しかし、腕力で抜け出そうとしてもしっかり決まった絞め技は外れない。

最後の足掻《あが》き、に思われた。

観戦している両校の部員も、応援の生徒も、茉莉花《まりか》もそう思った。

しかし、
次の瞬間、

(な、にっ……⁉)

茉莉花《まりか》の左脇に添えられた茜《あかね》の右手。

そこから「波」が広がり、茉莉花《まりか》の全身を揺さぶった。

(振動魔法は、封じて、いるのに……)

対振動シールド魔法に遮られることなく茉莉花《まりか》の肉体に直接作り出された「波」。

それが茉莉花《まりか》を、行動不能に追いやった。

茉莉花《まりか》がマットに崩れ落ちる。

「ミーナ⁉」

アリサが悲鳴を上げてギャラリーの手摺《てす》りを跳び越えた。

「十文字《じゅうもんじ》さん⁉」

早馬《そうま》は一瞬、自分も飛び降りるかどうか迷った。だが次の瞬間、彼は身を翻《ひるがえ》してフロアに下りる階段へ向かった。

突如降ってきたアリサに、フロアにいた両校の生徒たちは驚いている。

「ミーナ！」

ダウンが宣告され、カウントは続いている。まだ試合は終わっていない。

「待ちなさい！」

茉莉花《まりか》の許《もと》へ駆け寄ろうとするアリサを、近くにいた三高の女子部員が壁になって押《お》し止《とど》めた。

「離して！　早く治療しないと！　ドクター！」

切迫したアリサの叫び声に徒事《ただごと》ではないと感じたのか、テンカウント終了と同時に、側に控えていた三高の保健医がマットに上がる。

アリサも制止の腕を振り切って茉莉花《まりか》の許《もと》へ駆け付けた。

「先生、大丈夫なんですか⁉」

厳しい顔付きで茉莉花《まりか》の診察をしている保健医に泣きそうな顔でアリサが問い掛ける。

「大丈夫だ」

保健医は余裕の無い声でそう言って、苦しげに浅い呼吸を繰り返す茉莉花《まりか》に全身の機能を整える治癒魔法を発動した。

余りの剣幕に何事かと両校の選手が集まってくる。

「十文字《じゅうもんじ》？　何をそんなに慌てて……」

北畑千香《きたはたちか》がアリサに「慌てているんだ？」と訊《たず》ねようとした。

「何故《なぜ》あんなに危険な魔法を使ったのよ！」

だがその質問は、アリサの叫びに途中で打ち消された。

アリサの叫びは糾弾の声。

その矛先は、茜《あかね》に向けられていた。

立ち上がって両手を身体《からだ》の脇で握り締め、茜《あかね》を睨《にら》み付《つ》けるアリサ。

茜《あかね》は唇を震わせながら、青い顔で立ち尽くしている。

「今の魔法、『生体液震《オーガン・クエイク》』でしょう！」

アリサの言葉に、ざわめきが起こる。「オーガン・クエイクって？」という声も聞こえる。

「人間の肉体を構成する液体成分に直接波を作り出して全身の器官を揺さぶりその機能を狂わせる、一条家《いちじょうけ》の人体直接干渉魔法。殺傷性ランクはCからB！」

ざわめきが大きく広がった。

殺傷性ランクは魔法犯罪の取り締まり基準として日本の司法当局で採用されている基準で、ランクAは一度に多人数を殺害し得る魔法、ランクBは致死性のある魔法、ランクCは傷害性はあるが致死性は無い、または小さい魔法。

ただ致死性は個々のケースで魔法に込められる威力によって上がったり下がったりするものだ。魔法の種類によって一概に決められるものではない。

そこで一応の分類として、その魔法を平均的な出力で放った場合の殺傷性でランクが決められている。だが数字付き《ナンバーズ》各家の固有術式のように使用者が極端に限られる魔法は、平均を算出することが事実上不可能だ。だから今、アリサが言ったような幅を持たせた認定がされている術式もある。

「生体液震《オーガン・クエイク》はランクCに判定されるものであっても相手に後遺症を残す恐れが大きいから、一条家《いちじょうけ》は使用を自粛していたはずよ！　何故《なぜ》そんな魔法を実戦でもないのに使ったの！」

「待ってください」

アリサの糾弾に言葉を返せない茜《あかね》を背中にかばって、アリサの前に一条《いちじょう》レイラが進み出た。

「茜《あかね》は禁止されている魔法を使ったわけではありません。それに今の魔法は重大な障碍《しょうがい》が残らないレベルに威力がコントロールされていました」

「ふざけないで！　十師族《じゅっしぞく》や師補《しほ》十八家《じゅうはっけ》の固有術式なんてレアな魔法までルールで網羅しているわけがないでしょう！　それともルールで縛られていなければ何をしても良いというの⁉」

「ルールに違反していないのであれば、犯罪者のように非難される謂《いわ》れは無い」

茜《あかね》を擁護する、新たな弁護人が出現した。

三高の制服を着た男子。身長はアリサより十センチほど高いが、顔立ちはアリサよりも年下に見える。

「竜樹《たつき》さん……」

その男子はアリサの、半年だけ年下の義理の弟、十文字《じゅうもんじ》竜樹《たつき》だった。

「それにこれは、試合中のアクシデントだ。道義上も責められるべきものではない」

「……っ」

アリサが言葉に詰まったのは、竜樹《たつき》の言葉に道理を認めたのではなく彼に対する引け目の為《ため》だった。彼女が納得していないのは、茜《あかね》に向ける険しい眼差《まなざ》しで明らかだ。

「竜樹《たつき》君。君の言うことは正論だが、単なる正論でしかない」

背後から歩み寄って自分の横に立った男子の声に、アリサがビクッと肩を震わせる。

「貴方《あなた》は確か、兄のご友人の誘酔《いざよい》さん？」

「覚えていてくれて光栄だ」

竜樹《たつき》は三高入学前に十文字《じゅうもんじ》家《け》で、勇人《ゆうと》を訪ねてきた早馬《そうま》と何度か言葉を交わしていた。なおその場にアリサが同席したことは無かった。

「単なる正論とは、どういう意味です？」

不快感を隠さぬ声で竜樹《たつき》が問い掛ける。

「血の通っていない、薄っぺらな正論という意味だが」

一方、早馬《そうま》の声には冷笑のニュアンスが見え隠れしていた。

「薄っぺらですって？」

「なる程、ルールの上では生体液震《オーガン・クエイク》の使用に問題は無いかもしれない。だが相手に後遺症を与える可能性がある魔法を使ってまで勝利に拘《こだわ》る試合だったのか？　それで傷付いた友人を心配している女の子に向かって振りかざすべき理屈だったのか、君の正論は？」

「くっ……」

今度は竜樹《たつき》が言葉に詰まる。

「あんたは……」

「待って、十文字《じゅうもんじ》君」

何とか早馬《そうま》に反論しようとする竜樹《たつき》の腕を茜《あかね》が掴《つか》んだ。

「その人の言うとおりよ。私がやったことは責められても仕方が無い」

「茜《あかね》⁉」

「良《い》いの、レイちゃん」

手を伸ばしてきたレイラに首を振り、茜《あかね》はアリサの正面に立った。

「ごめんなさい」

そして深々と頭を下げる。

「貴女《あなた》が言うとおりよ。何でも言って。どんな罰も受《う》け容《い》れます」

騒ぐ声が聞こえたのか男子の試合までもが止まって、武道場が静まりかえる。

「一つ教えて」

アリサから返ってきた言葉に、茜《あかね》が顔を上げた。

「何故《なぜ》、あんなに危険な魔法を使ったの？」

アリサはもう叫ばない。彼女の口調にも表情にも激しい感情は無い。

アリサの声は、冷え切っていた。

「何故《なぜ》かしら。負ける、と思ったら何時《いつ》の間《ま》にか使ってた」

「そんなに負けたくなかった？　負けないことが、そんなに大切？」

「どうだろう。自分でも良く分からないや」

アリサが茜《あかね》の目をじっと見詰める。

「……どんな罰でも、って言ったよね？」

アリサの言葉に、茜《あかね》は躊躇《ためら》わず頷《うなず》いた。

「じゃあ、今日限りでマジック・アーツを辞めて」

静かだった武道場に動揺が走る。

「分かった。自分の腕でも折れば良い？」

茜《あかね》の顔に動揺は無かった。

「そんなことは止めて。約束してくれるだけで良《い》い」

アリサが心から嫌そうに顔を顰《しか》める。

「そう……。良《い》いよ。約束す」

「ちょっと待ってよ」

茜《あかね》が「約束する」と言い終える直前、不満げな声が割り込む。

「辞められたら困る。勝ち逃げは許さないから」

「ミーナ⁉」

アリサの声には驚きと、喜びが同じくらいの比率で混ざり合っていた。

セリフの主は茉莉花《まりか》だ。彼女は痛みも不調も感じさせない顔で立っていた。

「大丈夫なの⁉」

アリサが茉莉花《まりか》の許《もと》へ駆け寄る。

「アーシャこそ大丈夫⁉」

抱き付いてきたアリサに、茉莉花《まりか》が狼狽《ろうばい》を露《あら》わにした声で問い掛けた。

「何だか泣きそうな顔をしてるよ⁉　誰かに苛《いじ》められた？」

「良《い》いの」

抱き締めた腕を解いて茉莉花《まりか》と向かい合ったアリサは「泣きそうな顔」ではなく既に涙を流して――嬉《うれ》しそうに微笑《ほほえ》んでいた。

「泣かせたのはミーナだから」

嬉《うれ》し泣《な》きと誰が見ても分かる顔で、悪戯《いたずら》っぽくアリサが言う。

「あたしが泣かせちゃったかぁ……」

「うん、ミーナの所為《せい》」

抱き合っていた手を離して、二人が茜《あかね》へ身体《からだ》ごと顔を向けた。

茉莉花《まりか》が茜《あかね》へと歩み寄る。

アリサはそのすぐ後ろに続いた。

「おめでとう。完敗です」

茉莉花《まりか》が茜《あかね》に手を差し出した。

「……ありがとう。良《い》いファイトでした」

茜《あかね》はその手をまじまじと見詰めて、恐る恐る握手に応じた。

「次は負けないよ。全国大会で絶対に雪辱させてもらうから」

茉莉花《まりか》が茜《あかね》と目を合わせたまま宣言する。

茉莉花《まりか》の手を離して、茜《あかね》が「どうしたら良《い》いか分からない」という顔でアリサに目を向けた。

「あっ、もう良《い》いです」

さっきまでの刺々《とげとげ》しい様子が嘘《うそ》のような、あっけらかんとした顔でアリサは茜《あかね》にそう言った。

そして興味が失《う》せた表情で茜《あかね》から目を逸《そ》らし、茉莉花《まりか》へと顔の向きを変える。

「ミーナ、お疲れ様。私、外のベンチで待っているから」

「うん、分かった」

出口に向かうアリサを茉莉花《まりか》が見送る。

茜《あかね》は、レイラは、竜樹《たつき》は。

それ以外の三高生も、「何なの、あの子?」という顔でアリサの背中を見送っていた。

◇◇◇

「十文字《じゅうもんじ》さん」

呼び止める声にアリサが振り返る。

追い掛けてきたのは、早馬《そうま》一人だけだった。

「もう良《い》いの?」

「ええ。ミーナが望んでいなかったので」

「それで良《い》いんだ……」

早馬《そうま》は「表情の選択に窮する」という感じの虚《うつ》ろな笑みを浮かべた。

しかし彼は、すぐにその笑みを消した。

「竜樹《たつき》君とも?」

その一言に、アリサの顔が強張《こわば》る。

「彼の態度は公正じゃなかった。道理に従っているような顔をして、その裏では明らかに君に対する悪意があった。君を言い負かしてやろうという意地の悪さが滲《にじ》み出《で》ていたよ」

「良《い》いんです」

アリサは竜樹《たつき》の悪意を否定しなかった。

「竜樹《たつき》さんが私を嫌うのは、仕方が無いことですから」

早馬《そうま》が言うような醜悪な意図が竜樹《たつき》に存在したかどうかを冷静に見極める平常心。アリサはそれを、竜樹《たつき》の前で持ち得なかった。

「実は勇人《ゆうと》に、竜樹《たつき》君の様子を見てくるように頼まれてたんだけど……」

「今のこと、勇人《ゆうと》さんには言わないでください」

早馬《そうま》のセリフを先回りしてアリサが釘《くぎ》を刺す。

「君がそう言うなら。その代わり、一つ教えてくれないかな」

「……何でしょうか？」

警戒心を隠せない声でアリサが問い返す。

「そんなに用心しなくても」

早馬《そうま》は少し傷付いた顔で笑って見せた。

アリサの表情は緩まない。

早馬《そうま》は「仕方無い」と言いたげに、小さく息を吐いた。

「……生体液震《オーガン・クエイク》は、一般には知られていない魔法だ。十師族《じゅっしぞく》や師補十八家《しほじゅうはっけ》の魔法師でも、知らない者の方が多いだろう。君は何故《なぜ》、一条《いちじょう》さんがあの魔法を使ったと分かったんだい？」

「何故《なぜ》、と言われても……」

アリサの表情が警戒から戸惑いに変わる。

「視たからですけど」

「僕も生体液震《オーガン・クエイク》のことは知っていたけど、君に言われるまで気付かなかった」

「そうなんですか？」

アリサは、特に何も感じていない顔で首を傾《かし》げた。

彼女を見詰める早馬《そうま》の瞳に熱がこもる。

「……そういえば」

その熱を冷ます為《ため》か、隠す為《ため》か、早馬《そうま》はアリサから目を逸《そ》らし話題も変えた。

「軽部《かるべ》絢奈《あやな》さんって、十文字《じゅうもんじ》さんの知り合い？」

「絢奈《あやな》さんをご存じなんですか？」

早馬《そうま》の注文どおり、アリサの意識は直前の話題から逸《そ》れた。

「軽部《かるべ》さんのご実家が経営している会社の関係で知り合う機会があって。僕が一高生だと話したら、十文字《じゅうもんじ》さんのことを知っているかと訊《き》かれたんだよ」

「そうだったんですか」

アリサに早馬《そうま》の話を疑う素振りは無い。

同時に、深い興味を示す様子も無い。絢奈《あやな》の実家の会社と高校生の早馬《そうま》がどのようにつながるのかという、当然懐《いだ》くであろう疑問もアリサは覚えなかった。

「十文字《じゅうもんじ》さんにまた会いたいって言っていたよ」

「じゃあ、私の方から連絡してみますね」

「連絡先を教えようか？」

「ありがとうございます。ご実家しか知らなかったので助かります」

近距離通信で、アリサは早馬《そうま》からデータを受け取る。

彼女は早馬《そうま》が秘めている思惑に、全く気付いていなかった。

全く関心を持っていなかった。

「――そういえば、先輩」

ただ、小さな疑問は覚えていた。

「先日、自宅の近くで先輩と絢奈《あやな》さんの後ろ姿をお見掛けしたような気がするのですが」

日付はアリサの記憶に無い。雨の中を二人に良く似た背中が自宅の最寄り駅から立ち去っていく姿を見たという、朧《おぼろげ》気な記憶があるだけだ。

それも今の今まで忘れていた。本当にふと思い出しただけだった。

「十文字《じゅうもんじ》さんの自宅の近くで？　うーん……、人違いだと思うけど。彼女とあの辺りで会ったことは無いから」

「そうでしたか。変なことを訊《き》いてすみません」

謝罪しながらアリサは、早馬《そうま》が嘘《うそ》を吐いていると思った。

早馬《そうま》の表情や口調に不自然なところは無かった。嘘《うそ》の兆候は全く見られなかった。

だが早馬《そうま》の答えで逆に、あの時に見た後ろ姿は早馬《そうま》と絢奈《あやな》だったとアリサは確信した。根拠の無い完全な直感だ。彼女の思い込みと言われても反論できない。

アリサは別に、それでも良かった。彼女には、根拠は不要だった。この事実を第三者に伝えるつもりが無いから、証拠を集める必要も無い。

——きっと、他人には知られたくないような用で会っていたのだろう。

アリサはそう思っただけで、それ以上の詮索をする気は起こらなかった。

前述したとおり。

早馬《そうま》が何を考え何をしようとしているのか、アリサは全く関心が無かった。

［9］そして新たなステージへ

一高との間でマーシャル・マジック・アーツの対抗戦が行われた翌日。

三高では普通に授業が行われた。

一高と違って三高には、毎月実技テストの成績に応じてクラス替えを行うというような制度は無い。

三高では実習が四人のグループで行われ、個人評価点以外にグループ評価点を与えることで、成績優秀者がそうでない者の手助けをするモチベーションを与えている。こうすることで実技指導の一部を優秀な生徒に肩代わりさせて教師の不足を埋める運営を行っていた。

一年A組では茜《あかね》がレイラに収束系魔法の基礎、空気圧縮の魔法をコーチしているところだ。同じ「一条《いちじょう》」の茜《あかね》とレイラが同一グループというのは紛らわしくて不自然だと思われるかもしれない。だが三高でこの二人はデフォルトでペアと見做《みな》されていた。

三高のクラス分けは完全にアトランダム。乱数プログラムでクラスを決めているという説が有力視されている程だ。そして同じA組で茜《あかね》の実技成績はトップ、レイラの実技成績は一年生底辺だった。

レイラは入学時点で、二種類の魔法しか使えなかった。何故《なぜ》三高に入学できたのかと不思議がられるレベルだった。

彼女の入学は表向き、放出系魔法の一つである空中放電術式に特別優れた適性を持つ点が評価されたことになっている。

だが実態は違う。

裏口入学だ。

大亜連合の国家公認戦略級魔法師・劉麗蕾《リウ・リーレイ》を一条茜《いちじょうあかね》に監視させる必要上、国防軍指導部から劉麗蕾《リウ・リーレイ》＝一条《いちじょう》レイラを三高に入学させるよう強い要請があったのだ。独立不羈《どくりつふき》をモットーにする三高の前田千鶴《まえだちづる》校長も受け容《う》れざるを得《い》ない程の、強い要請が。

そしてレイラの三高入学に伴う一切の責任を一条家《いちじょうけ》が取る密約が結ばれていた。

そうした裏の事情とは別に、実技成績トップの茜《あかね》が親戚で実技成績底辺のレイラを指導するのは、何も知らない生徒の目にも事情を知らされていない教師の目にも当然と映るものだった。

今もレイラは空気を圧縮するという簡単な魔法に四苦八苦している。ただそれを見て、彼女を侮《あなど》る三高生はいなかった。

三高は尚武を校風に掲げている。三高生の間では、実技が優秀な生徒より実戦が強い生徒の方が偉いのだ。

レイラの——劉麗蕾《リウ・リーレイ》の『霹靂塔《へきれきとう》』は、戦略級魔法の中でも使い易《やす》い魔法だと言える。規模の調節幅が広いのだ。発動すれば必ず大破壊を引き起こす『マテリアル・バースト』と違って、通常の電撃魔法と見間違われるレベルまで規模を引き下げることができる。

レイラは最初の模擬戦で相手——同じ一年の男子生徒だった——を、対人レベルまで規模を落とした『霹靂塔《へきれきとう》』で瞬殺——一瞬で麻痺《まひ》させ戦闘不能に追いやった。それが三人、四人と続いたことで彼女は「成績は悪いが実戦には強い」という評価を三高内で確立した。

一部の耳聡《みみざと》い生徒は「一条《いちじょう》レイラは劉麗蕾《リウ・リーレイ》ではないか」と疑い、最初から彼女を侮《あなど》るような真似《まね》はしなかったが、この模擬戦の結果で他の生徒からもレイラは一目置かれるようになっていた。

もし九校戦の女子種目にモノリス・コードがあったら、レイラは選手に選ばれるに違いない。だが既に発表済みの競技種目に女子モノリス・コードは含まれていない。他の種目を見ても、レイラが選ばれそうな競技は無かった。

「……レイちゃん、今のは良かったんじゃない」

「ありがとうございます。ですが、合格レベルにはまだまだですね」

レイラの声に自虐のニュアンスは無い。事実を客観的に認めている口調だった。

彼女が入学前に使えていた魔法は『霹靂塔《へきれきとう》』と『電磁波遮断』。前者はともかく後者の難易度はそれほど高くない。この二つの組み合わせなら、魔法演算領域が完全に占有されるまでには至らない。

だから他の魔法も覚える余地があったのだが、戦略級魔法をスタンバイ状態で常駐させている代償として、レイラが自由に使える魔法的なリソースは著しく制限されている。学校の成績が悪くなるのは、仕方の無いことだった。

それをレイラ本人も理解している。それに彼女は亡命軍人、元大亜連合の国家公認戦略級魔法師という自分の立場も弁《わきま》えている。故に彼女は、学校の成績などに一喜一憂しない。

「一休みしようか」

「はい」

茜《あかね》の言葉にレイラが頷《うなず》く。二人はそれまで休憩していた同じグループのメンバーと交代して、彼女たちが座っていた椅子に腰を下ろした。

「そういえば茜《あかね》。さっきの昼休み、会議室に呼ばれていましたね」

今は四時限目、午後最初の授業だ。魔法大学付属高校は午前三時限、午後二時限でカリキュラムが組まれている。

「ああ、あれ。九校戦の選手に選ばれたよ」

「そうですか。茜《あかね》ならば当然ですが、おめでとうございます」

そのセリフの内容どおり、レイラは淡々とした口調で祝辞を述べた。

「ありがと」

茜《あかね》もあっさりしたものだ。

「どの競技に選ばれたのですか？　茜《あかね》ならアイス・ピラーズ・ブレイクが最も向いていると思いますが」

「ミラージ・バットだってさ。新人戦のピラーズ・ブレイクはダブルスだからもったいないって言われた」

「なる程。確かに茜《あかね》をダブルスで使うのはもったいないかもしれませんね」

「どうせなら、本戦のピラーズ・ブレイクに出たかったんだけど」

「上級生の機会を奪ってはなりませんよ」

茜《あかね》本人もレイラも、本戦に出たかったという茜《あかね》のセリフを思い上がりだとは考えていなかった。兄の一条将輝《いちじょうまさき》程ではないが茜《あかね》も一応『爆裂』を使える。

一条家《いちじょうけ》の切り札『爆裂』は液体を気化させる魔法で固体である氷を直接破壊することはできないが、一部でも氷柱を融《と》かせば『爆裂』で水蒸気爆発を起こして一気に破壊あるいは倒壊を引き起こすことができる。二〇九六年の九校戦ではこの戦術を使って、将輝《まさき》はピラーズ・ブレイクで優勝している。

「ミラージ・バットも面白そうだから良《い》いけどね……。そういえば彼女はどの種目に出場するんだろう?」

「彼女……。一高の遠上茉莉花《とおかみまりか》ですか?」

「うん、そう。あの子もミラージ・バットに出てこないかなぁ……」

「随分彼女のことを気に入っているようですね」

レイラのその言葉に、茜《あかね》は大きく瞬《まばた》きした。

「気に入っている、というか……気になってるよ」

レイラから顔ごと目を逸《そ》らして、茜《あかね》は呟《つぶや》くようにそう答えた。

茜《あかね》の、ここではない何処《どこ》か遠くを見詰め、何かを渇望《かつぼう》しているような眼差《まなざ》しの先には彼女、遠上茉莉花《とおかみまりか》がいるとレイラは感じた。

◇　◇　◇

「うわっ！　あ、危なかった……」

七月七日、火曜日の朝。第一高校一年A組の教室。

突如、調子外れな声を上げた茉莉花《まりか》の許《もと》へ、アリサが席を立って歩み寄る。

「……突然どうしたの？」

訊《たず》ねるアリサの声に切迫感が無いのは、茉莉花《まりか》が胸を撫《な》で下《お》ろしているからだった。叫び声の後に続いた独り言も、何かピンチに陥っていたが何とか凌《しの》いだという意味のもの。アリサの「心配する必要は無い」という判断は間違っていないはずだった。

「えっ、いや、何でもないよ」

茉莉花《まりか》の焦《あせ》り様は、突然声を掛けられて驚いただけのものには見えなかった。

「あっ、定期試験の順位が出たんだね」

茉莉花《まりか》の端末に表示されているリストをアリサが目敏《めざと》く読み取る。そこには先週の一学期末試験の結果が早くも表示されていた。

「う、うん、そう！　アーシャ、二位だよ。凄《すご》いね！　おめでとう」

茉莉花《まりか》の反応は、随分早口だった。

端末に表示されているのは一年生の成績上位三十名のリスト。一位は明《めい》で、二位は茉莉花《まりか》が言うようにアリサだ。入試次席の火狩《かがり》は三位だった。なおこれは総合成績だが、実技の成績も同じ順位だ。

「うん、ありがと」

アリサは控えめな口調で茉莉花《まりか》の祝辞に応えた。

クールを気取っているのではない。嬉《うれ》しいことは嬉《うれ》しいのだが、成績のことで、他のクラスメイトの前で燥《はしや》ぐのは痛いような気がして自然とこういう態度になったのだ。

「ミーナはどうだったの？」

茉莉花《まりか》が咄嗟《とっさ》に自分の身体《からだ》でディスプレイを隠そうとする。

だがアリサの目の方が速かった。

「――実技二十五位。良かった、今月も同じクラスだね」

「うん、そーなの。ギリギリだったよ」

茉莉花《まりか》が「えへへ」と笑う。アリサも優しい笑みを返した。

六月末は定期試験があったので月例テストは無かったが、だからといってクラス替えが無くなるわけではなかった。

七月のクラスは先日行われた期末試験の実技成績で決定される。

そして一クラスの人数は二十五人。

つまり実技成績の二十五位までがA組所属になる。

ギリギリでも最上位クラスだ。恥ずかしがる必要は無いはずなのだが、茉莉花《まりか》は何故《なぜ》、焦《あせ》って隠そうとしたのだろうか。

「……でも総合は八十一位か。うーん、もうちょっと頑張った方が良《い》い、かな？」

茉莉花《まりか》の筆記テストの点数は、平均を下回っていた。アリサに時間を割いてもらったにも拘《かか》わらず、この成績だったと言うべきか。それともアリサに教わったからこそ、この成績で踏《ふ》み止《とど》まったと言うべきか。

「……頑張ります」

茉莉花《まりか》は、声も態度も小さくなっていた。

筆記テストの点数に凹《へこ》んでいた茉莉花《まりか》だが、午後にはいつもの調子を取り戻していた。放課後の風紀委員の見回りもいつもどおりこなし、茉莉花《まりか》はアリサと二人で委員会本部に帰還した。

――アリサは先週の土曜日に引き続いてほぼ連続の当番だが、これは「来週以降、新人戦の練習に集中したい」と彼女が希望したことによるものだ。

「見回り、完了しました。本日の違反者、ありません！」

本部の扉を開けると同時に、茉莉花《まりか》が元気良く申告する。

「ご苦労様」

委員長・裏部《うらべ》亜季《あき》の労《ねぎら》いの言葉の後に、

「遠上《とおかみ》さん、少し良《い》いかな」

普段はこの部屋で聞くことのない、少女らしい可愛《かわい》い声のセリフが続いた。

「はい、生徒会長。何でしょうか」

茉莉花《まりか》は亜季《あき》に目礼して、机の向こう側に亜季《あき》と並んで座っている生徒会長・三矢《みつや》詩奈《しいな》の前に立った。

「二人とも、座ってくれる？」

詩奈《しいな》が茉莉花《まりか》と、彼女に付いてきたアリサに腰を下ろすよう指示する。

二人は素直に――茉莉花《まりか》については「遠慮無く」と表現した方が適切かもしれない――指し示された椅子に腰掛けた。茉莉花《まりか》の前に詩奈《しいな》、アリサの正面が亜季《あき》という位置関係だ。

「早速だけど、遠上《とおかみ》さん。貴女《あなた》はミラージ・バットの選手候補に名前が挙がっています」

「……九校戦の、新人戦ミラージ・バットですよね？」

茉莉花《まりか》が発した確認の問い掛けに、詩奈《しいな》は「ええ」と頷《うなず》いた。

「あたしがミラージ・バットに……？」

「今のところ候補は遠上《とおかみ》さんを含めて四人。ミラージ・バットの出場枠は二人です。候補者の皆さんには九校戦に向けた練習に参加してもらって、その結果を見て最終的な決定をしたいと考えています」

茉莉花《まりか》の横で詩奈《しいな》の説明を聞いていたアリサが顔を顰《しか》める。つまり四人を競わせて、二人を落とすということだ。勝てる選手を選ぶ為《ため》には仕方の無いことかもしれないが、最終的に選ばれなかった二人の気持ちを考えるとやるせなくなってしまう。

だが当事者である茉莉花《まりか》の感じ方は逆だった。

競い合う機会を与えられるのは、チャンスを与えられることと同義だ。エントリーできなければ、賞品《プライズ》を獲得することもできない。競わずに与えられるだけでは、プライドは充《み》たせない。

――それが茉莉花《まりか》の信条だった。

故に、答えは決まっている。

「やらせてください」

参加の意思を問われる前に、茉莉花《まりか》はそう申し出た。

「……良《い》いんですか？　選手に選ばれなければ、練習に参加した時間は無駄になってしまいますけど。その時間をマジック・アーツの全国大会に向けた練習に使った方が有意義だった、と後悔することになるかもしれませんよ？」

勧誘に来た身でありながら水を差すようなことを言うのは、詩奈《しいな》が誠実な性格だからだろう。

「大丈夫です。選ばれなくても、無駄だったなんて思いません」

しかし茉莉花《まりか》の言葉に、意志に、揺るぎは無い。

「分かりました。よろしくお願いします」

詩奈《しいな》が笑顔で頷《うなず》く。亜季《あき》も満足げな笑みを浮かべている。

アリサは少し心配そうな目を茉莉花《まりか》に向けるだけで、何も言わなかった。

あとがき

ここまでお付き合いくださり、ありがとうございます。『キグナスの乙女《おとめ》たち』第三巻、お楽しみいただけましたでしょうか。

このシリーズも三巻目になりましたが、相変わらずの手探り状態、相変わらず迷走気味です。前巻を書き上げた段階ではもっとスパイコミック的な風味にするつもりだったのですが、できあがってみればスパイものの要素は物語の片隅に追いやられてしまいました。

恋愛要素を強めに盛り込もうとも思ったのですが、コンセプトに合わないので止めた方が良《い》いとのアドバイスを受けてボツ。クライマックスの茉莉花《まりか》vs茜《あかね》も、茉莉花《まりか》がボロ負けして打ちのめされてしまう展開にしようと考えていたのが、まるで違う結末になってしまいました。

このシリーズは主人公コンビが思うように動いてくれない——というより、サブキャラが予定外の動きをしてメインの二人を当初の予定から少し逸《そ》れた方向へ引きずっていく傾向があるようです。次は各キャラの出番が多い九校戦ですから、軌道修正しないと物語が迷子になってしまう可能性がありますね。気を付けなければ。

このあとがきは『電撃文庫　冬の祭典オンライン　2021』を視聴しながら書いています。

旧シリーズ『追憶編』の年越しテレビ放映、ご覧いただけましたでしょうか。

新たに発表されたＡＰＰＥＮＤＩＸは限定生産ＢＤ・ＤＶＤ特典小説、劇場特典小説を収録したものです。旧シリーズ本編と全く関係の無い物語も、本編の補完小説的な物語もあります。きっとお楽しみいただけるのではないかと思います。

そしてこの本が発売されている現時点で、魔法科シリーズに関する情報は追加されていますでしょうか。追加情報があれば良いのですが。……と、一応何も知らない態《てい》を装《よそお》っておきます。

第四巻はいきなり九校戦に入るか、それとも九校戦の準備を描くか、現段階では迷っています。次にお届けする予定の『メイジアン・カンパニー』第四巻を書き上げてからじっくり検討しようと思っています。――「じっくり」などという時間的余裕があれば、ですが。

それでは、今巻はこの辺で。次巻もよろしくお願い致します。

（佐島《さとう》　勤《つとむ》）

◉佐島 勤著作リスト

「魔法科高校の劣等生①〜㉜」（電撃文庫）
「魔法科高校の劣等生SS」（同）
「続・魔法科高校の劣等生 メイジアン・カンパニー①〜③」（同）
「新・魔法科高校の劣等生 キグナスの乙女たち①〜③」（同）
「魔法科高校の劣等生 司波達也暗殺計画①〜③」（同）
「ドウルマスターズ1〜5」（同）
「魔人執行官《デモーニック・マーシャル》 インスタント・ウィッチ」（同）
「魔人執行官《デモーニック・マーシャル》2 リベル・エンジェル」（同）
「魔人執行官《デモーニック・マーシャル》3 スピリチュアル・エッセンス」（同）

本書に対するご意見、ご感想をお寄せください。

ファンレターあて先
〒 102-8177　東京都千代田区富士見 2-13-3
電撃文庫編集部
「佐島 勤先生」係
「石田可奈先生」係

本書は書き下ろしです。

電撃文庫

新《しん》・魔法科高校《まほうかこうこう》の劣等生《れっとうせい》
キグナスの乙女《おとめ》たち③

佐島《さとう》 勤《つとむ》

◇◇◇

2022年2月10日　初版発行

発行者　青柳昌行
発行　株式会社KADOKAWA
〒102-8177　東京都千代田区富士見2-13-3
0570-002-301（ナビダイヤル）
装丁者　荻窪裕司（META＋MANIERA）
印刷　株式会社暁印刷
製本　株式会社暁印刷

ISBN978-4-04-913932-7　C0193　Printed in Japan

電撃文庫　https://dengekibunko.jp/

電撃文庫創刊に際して

文庫は、我が国にとどまらず、世界の書籍の流れのなかで〝小さな巨人〟としての地位を築いてきた。古今東西の名著を、廉価で手に入りやすい形で提供してきたからこそ、人は文庫を自分の師として、また青春の想い出として、語りついできたのである。

その源を、文化的にはドイツのレクラム文庫に求めるにせよ、規模の上でイギリスのペンギンブックスに求めるにせよ、いま文庫は知識人の層の多様化に従って、ますますその意義を大きくしていると言ってよい。

文庫出版の意味するものは、激動の現代のみならず将来にわたって、大きくなることはあっても、小さくなることはないだろう。

「電撃文庫」は、そのように多様化した対象に応え、歴史に耐えうる作品を収録するのはもちろん、新しい世紀を迎えるにあたって、既成の枠をこえる新鮮で強烈なアイ・オープナーたりたい。

その特異さ故に、この存在は、かつて文庫がはじめて出版世界に登場したときと、同じ戸惑いを読書人に与えるかもしれない。

しかし、〈Changing Times,Changing Publishing〉時代は変わって、出版も変わる。時を重ねるなかで、精神の糧として、心の一隅を占めるものとして、次なる文化の担い手の若者たちに確かな評価を得られると信じて、ここに「電撃文庫」を出版する。

1993年6月10日
角川歴彦

電撃文庫DIGEST　2月の新刊

発売日2022年2月10日

第28回電撃小説大賞《大賞》受賞作
姫騎士様のヒモ

【著】白金 透　【イラスト】マシマサキ

姫騎士アルウィンに養われ、人々から最低のヒモ野郎と罵られる元冒険者マシューだが、彼の本当の姿を知る者は少ない。「お前は俺のお姫様の害になる——だから殺す」。選考会が騒然となった衝撃の《大賞》受賞作！

86—エイティシックス—Ep.11
—ディエス・パシオニス—

【著】安里アサト　【イラスト】しらび
【メカニックデザイン】I-IV

共和国へと再び足を踏み入れるエイティシックスたちに命じられたのは、彼らを迫害した人々を逃がすための絶望的な撤退作戦。諸国を転戦し、帰る場所を知った彼らは暗闇の中を進むが——。アニメ化話題作、最新巻！

新・魔法科高校の劣等生
キグナスの乙女たち③

【著】佐島 勤　【イラスト】石田可奈

九校戦を目前に控え熱気に包まれる第一高校。マーシャル・マジック・アーツ部も三高との練習試合に向けて練習に熱が入る。特に茉莉花は今回の練習試合に闘志を燃やしていた。最強のライバル・一条茜に茉莉花が挑む！

幼なじみが絶対に負けないラブコメ9

【著】二丸修一　【イラスト】しぐれうい

父親と喧嘩し家出した末晴に、白草からの救いの連絡が届く。末晴を敵視する紫苑の目をかいくぐり、白草の部屋へとたどり着いたは良かったが——。迫るバレンタインを前に、ヒロインたちの戦略渦巻く聖戦が始まる!?

ソードアート・オンライン　オルタナティブ
ガンゲイル・オンラインXII
—フィフス・スクワッド・ジャム〈中〉—

【著】時雨沢恵一【イラスト】黒星紅白【原案・監修】川原 礫

第五回スクワッド・ジャム。１億クレジットという大金をかけた賞金首にされてしまったレンは、一時的にビービーと手を組み死戦をくぐり抜ける。無事仲間と合流しＳＪ５優勝へ導くことができるのか？

護衛のメソッド2
—最大標的の少女と頂点の暗殺者—

【著】小林湖底　【イラスト】火ノ

刺客の襲撃を退けつつ、学園生活を送る灯理と道真たち最強の護衛チーム。そんな彼らの前に現れたのは灯理と同じ最大標的の少女・静奈。彼女も護ることになった道真たちは、新たな闘争と陰謀の渦に巻き込まれていく。

浮遊世界のエアロノーツ2
風使いの少女と果てなき空の幻想歌

【著】森 日向　【イラスト】にもし

両親との別れの本当の理由を知り、自分も誰かの役に立ちたいと願うアリア。同乗者・泊人の力になるべく飛空船の操舵方法を学び、免許を取る決意をする。一方泊人は探している「謎」の真実を知ることになって——。

ダークエルフの森となれ4
-現代転生戦争-

【著】水瀬葉月　【イラスト】ニリツ
【メカデザイン】黒銀　【キャラクター原案】コダマ

セリアメアと久瀬の策略によって窮地に追い込まれたシーナと練介。逃避行を図りつつも、逆転の一手を導き出す。共に生きていく未来を信じて戦い抜いた二人のもとに訪れるのは福音か、それとも……。

新作
友達の後ろで君とこっそり手を繋ぐ。誰にも言えない恋をする。

【著】真代屋秀晃　【イラスト】みすみ

「青春＝彼女を作ること？　それがすべてじゃないだろ」真の青春は友情だと思っていた。けど、関わりに飢えていた僕らは、みんなに言えない恋をする。これは、まっすぐな気持ちと歪んだ想いをつづった青春恋愛劇。

新作
今日も生きててえらい！
～甘々完璧美少女と過ごす3LDK同棲生活～

【著】岸本和葉　【イラスト】阿月 唯

年齢を誤魔化し深夜労働していた高校生・稲森春幸はある日、東条グループの令嬢・東条冬季を暴漢から救い出すもバイトをクビになってしまう。路頭に迷っていたところを東条さんに拾われ居候することに……。